Omslagsfoto: författaren

Ada: Men vad i all sin dar är det som Poseidon håller i näven?

Kålle: Jo, det är ju en stor fisk, ser du väl.

Ada: Åh vad skönt att du sa det. Jag trodde det var något mycket värre.

Det luriga Göteborg

Leif Dernevik

© Leif Dernevik 2024

Illustrationer: författaren om inte annatanges.

Förlag: BoD · Books on Demand, Stockholm, Sverige

Tryck: Libri Plureos GmbH, Hamburg, Tyskland

ISBN: 978-91-8057-719-9

Innehållsförteckning

Det luriga Göteborg

Jag var av födelsen en sävlig östgöte, som måste komplettera mina studentbetyg med realämnen. Det måste bli i Stockholm eller Göteborg. I Stockholm hade jag varit många gånger, och där hade jag släktingar, men något i mig fick mig att välja det för mig okända Göteborg. Äventyrslusta? Ville jag kanske bli som göteborgarna var enligt vissa romantiska uppfattningar: sällskapliga lustigkurrar? Lättsamma, slagkraftiga som boxare? Fast utan knutna nävar. Jag ville träffa några som Kålle, Ada och Ossborn. Sådana personer ville jag gärna ge goda vitsord. Jag ville smaka saltvattnet, se Vinga och Feskekyrka, åka spårvagn, umgås med tång och maneter. Kanske ta ett dopp spritt naken i havet? Fy på mig, klä på dig! Men bättre obscent än aldrig. Jag ville förstås så att säga ta skeden dit jag kommer.

Det var dock inte så lätt att komma underfund med staden. Det var något lurt med alla namn i Göteborg, för det första hette inte grundaren till staden Göte Borg, som man kunde ha trott, och den fina nöjesparken, som nyligen fyllt 100 år, hade inte namngetts av någon Lise Berg. Bill Dal hade inget att göra med en viss stadsdel, och Kalle Bäck hade jag ju träffat på en begravning. Han var historieprofessor och bodde i Linköping. Göteborg hade han inget med att göra. Johannes Berg, eller Agnes Berg fanns de över huvud taget? Men stadsdelarna som de kunde ha gett upphov till existerade. Oj då, det här är kanske exempel på Göteborgshumorn, men jag kände mig ju dragen vid näsan. Jag försökte undersöka sammanhangen och tog bussen till Balltorp. Det skulle kanske vara en rolig plats, men tji fick jag. Det var inte ballare där än någon annanstans. Bukärr tänkte jag undersöka också. Jag letade efter någon slags kirurgisk verksamhet där, jag är ju själv kirurg måste jag avslöja nu. Men jag hade missuppfattat saken. Uttalet var inte buk – ärr som jag hade antagit, utan istället bu-kärr. Vad är detta? Ett kärr som vill skrämmas kanske, eller som man vill skrämmas

8

med? Nej, jag blir inte rädd, bara besviken. En del namn var ju direkt motbjudande, t ex Fis-kebäck. Där fanns det nog en fis-kaffär också.

En kompis till mig från medicinutbildningen blev infektionsläkare. Han älskade att skära upp bölder, klämma ut var och göra rent. Hans valspråk blev: "Det är kul så länge det varar". En annan kompis ville bli en så fenomenal hudläkare att han ensam skulle kunna bota en hel blåsorkester. Själv började jag på hjärtkirurgen, och det första jag fick lära mig var att hålla klaffen. När jag blivit varm i kläderna, hörde jag en kollegas morgonrapport. Det var en akut operation, först var det lite svårigheter, sedan flöt det på bättre men så blev det plötsligt problem igen. "Ja, då var jag på tunn is igen" sa operatören med en passande metafor, men alla brast i skratt. Varför? Jo, han var ju ursprungligen från Tunisien!

Linnéplatsen, där var jag ofta på dagen. Men på kvällen då, säger man då Nattlinneplatsen? Det vore väl likt de där roliga göteborgarna. Jag gillar att åka spårvagnar och prova olika linjer. Göteborgarna är stolta över sina spårvagnar, förutom de italienska förstås. De bara gnisslar, gnäller och krånglar. En insatt person berättade att vi hade förhållandevis mycket spårvagnar. I London, t ex har man tunnelbana, dubbeldäckare, som ju är bussar, men inte så många spårvägslinjer. Nej, det är klart. Om staden hade gott om spårvagnar skulle det ju bara bli en massa "trams". Sen var det något med de hörselskadade invånarna. De hade tydligen något ställe att samlas på. Kan det ha varit någonstans på Va sa? – platsen?

Slottsskogen är en fin och lummig stadspark, men någon skog är det ju inte. Något slott skymtas inte heller, och har aldrig funnits här. Det hörde dock till Älvsborgs slott förr i världen, men det var ju en bra bit bort. En gammal göteborgsvits lyder "Det är ju självklart gräset som är slått!" Spårvagnshållplatsen där man stiger av heter konstigt nog inte Slottsskogen, utan Botaniska Trädgården, som ligger på andra sidan av den breda Dag Hammarskiöldsleden.

Om man ändå är i Slottsskogen, kan man titta in på Naturhistoriska museet, som ligger alldeles intill. Där har man en val i naturlig storlek, fast det är en ung blåval, som hade fastnat på ett skär i Askimsviken. Närboende

9

skyndade inte till valens hjälp, utan de dödade valen för egen vinnings skull, de lymlarna. Muséet hade en skylt där det stod att man skulle få se jordens farligaste djur. Sedan fick man se sig själv i en spegel. Jo, det stämmer nog, vi är mycket farliga för alla andra invånare i världen. Valen blev flådd och huden spändes upp på en träställning. I valens gap fanns träbänkar och ett bord, och där kunde man sitta. Om man då hade med sig något att festa på, så hade man helt enkel skapat sig en egen festival.

Många stora hus har balsalar, men bara detta museum har en valsal, och där valsar man inte. Plötsligt kan man upptäcka att valens skelett finns utställd bredvid valens kropp. Det väcker förstås förvåning, det kan ju "ske lätt".

När jag körde bil i Göteborg och försökte orientera mig, körde jag tydligen för långsamt enligt vissa medtrafikanter, som tutade otåligt. Det försökte jag sätta mig över. Möjligen gav jag tillbaka när jag kom fram till en huvudled, där jag låtsades få motorstopp för att sätta dem på plats. Jag var stilla med bilen och vrängde och vred på mig så att det skulle se ut som om jag försökte starta. De kunde inte köra ut på leden förrän jag "fått igång bilen" igen och flyttat på mig. Vid ett tillfälle körde en person om mig och gav mig samtidigt "fingret", vilket förstås var en förolämpning. Jag blev vrålarg och satte av efter honom, Jag hängde efter i några kvarter tills ilskan runnit av mig, och jag avbröt förföljelsen. Något gottade jag mig åt att föraren kanske blivit lite ängslig ändå. Ytterligare en gång gav någon mig fingret och jag satte av efter honom, men efter bara en liten bit åkte jag av vägen, men det var en grässlänt och inte ett dike, så det hände inget farligt. Då och då händer det fortfarande att någon åker alldeles för nära bakom mig. Jag kallar sådana för "bögbilar" eftersom de tycks vilja nosa mig i ändan.

Efter all denna förvirring är jag mycket tacksam över att Sahlgrenska sjukhuset finns, och där fick jag arbete till sist. Sjukhuset är ju namngivet efter en person som verkligen hette Niclas Sahlgren. Han tjänade pengar på Ostindiska kompaniet och använde medlen för att starta sjukhuset. Förresten ligger odontologiska fakulteten mitt emot Sahlgrenska uppe på

10

medicinarberget. Det är i ett jättestort hus, som man verkligen kan kalla "Mastodonten".

Så fann jag den fina Domkyrkan, och därinne har jag varit och sett på fotoutställningar, och jag har hört den duktige trumpetaren Samuel Helperin konsertera från tornet. Men vilka riktar sig Domkyrkan till, alltså vilka är "dom"? Vore det inte trevligare om kyrkan vore en Vi – kyrka? Men det är kanske alla andra kyrkor som är Vikyrkor, fast det är underförstått? Men jag är inte helt dum, bara lite. Jag förstår ju att om en kyrka kallas Storkyrkan, så är det inte en stork den är döpt efter.

Så kul att man kan döpa en byggnad till "Läppstiftet", något som huset faktiskt liknar. Ett gammalt epidemisjukhus, bestående av många små hus för att olika smittämnen skulle kunna isoleras, har blivit till ett konstcentrum vid namn "Konstepidemin". Elektricitetsverkets byggnad har kallats "El-lysepalatset", och en åkattraktion på Liseberg i form av ett torn som små vagnar åkte upp och ned runtom, hade varit avstängt för ett fel som måste åtgärdas, men när det var fixat fick det heta "Ej feltornet".

Nu har vi ett nytt torn, som heter Karlatornet. Det syns nästan var man än är, och med det slår vi Turning Torso i Malmö. Karlatornet är 246 meter högt. En del tycker sig se ett blixtlås som delvis är öppet, och andra ser stora legobitar. En del ser en gylf. Många tycker att det är fult, och att tornet liksom "ger fingret" åt den omgivande staden. Föregående bild visar tornet sett från Masthuggskyrkan, varifrån man för övrigt har en fantastisk vy över hela hamninloppet.

Något annat som är nytt i Göteborg är de gigantiska hålen avsedda för västlänken. Ett projekt som är helt onödigt enligt vissa. Tjugo miljarder var avsatta, och dessa pengar är nu slut. Det kommer att kosta 6-7 miljarder till, och det tvistas om var de ska tas. Den som gräver en grop åt andra, tar ofta bra betalt, och det har verkligen visat sig. Hur ska det gå att få ett bra slut, frågar man sig. De stora hålen döljs av plank som ofta är vackert bemålade. Carolina Falkenholt har förstås varit där och framställt ett, som

12

vanligt, ovanligt intimt kvinnoporträtt, men detta har blivit övermålat. Om länken någonsin blir klar finns det många målningar värda att spara på, kanske på konstmuséets kommande nya hus.

Så småningom hittade jag en hel det roligheter i GP, och det var "storvitsiren" Sture Hegerfors, som låg bakom de flesta. Han publicerade ofta läsarna värsta vitsar, men lurigt som allt är i Göteborg, så var det där med "värsta" faktiskt beröm. Ja, ni vet väl vem som är den egentliga Storvitsiren, eller egentligen " Storviziren"? Detta är inget som jag hittar på, jag citerar bara. Fotografen Aron Jonsasson arbetade för Oscar den andre. En gång när han tog porträtt använde han magnesiumblixt väldigt ofta. Då sa kungen: "Värst vad Jonsson blixtrar mycket, och fick det berömda svaret : "Ja, blixtrar den ene, så åskar den andre (Oscar II)".

Nu åter till Hegerfors. Särskilt fäste jag mig vid att han upprepade gånger propagerade för att Göteborg måste ha ett humormuseum. Javisst, det är ju en jättebra tanke. Jag skrev till honom och föreslog ett passande namn för museet, nämligen "Skratteverket". Det tyckte han var jättebra, och han tackade mig i ett brev och skickade med en teckning föreställande en liten glad groda. Han prydde ofta sina kåserier med dessa små grodor.

"Små grodorna, små grodorna är lustiga att se."

En lurighet som jag faktiskt själv råkade ut för, var när jag såg att skylten före min egen stadsdel "Skintebo", var utbytt mot "Gränna". Det var väl en stulen skylt som skruvades upp på fel plats. Det var verkligen mycket välgjort och såg helt ok ut, men man visste ju att det var en stor lögn. Den här gången blev det jag som tipsade GP, som skrev en liten spalt om tilltaget.

Se bild på nästa sida.

13

Förvånande budskap. Bild: Läsarbild

Gränna-skylt i Skintebo förvirrar

Flera göteborgare som besökt Skintebo har blivit förvirrande under den gångna veckan – på grund av en trafikskylt som välkomnar dem till en ort som ligger 19 mil bort.
– Det är ju helt barockt, säger Leif Dernevik som bor i området.

Under den gångna veckan har många läsare hört av sig och undrat vad som ligger bakom en trafikskylt vid Skintebo i Askim.

De bilister som anländer till Skintebo välkomnas plötsligt till en tätort – som ligger i ett helt annat län. På skylten står det nämligen Gränna, som ligger nästan 20 mil från Göteborg.

hans fru som var på väg hem efter ett besök hos sina barn.

– Det var ju min fru som ropade: "Jösses! Nu står det Gränna, vad är detta?". Vi skrattade åt det och tänkte att det var ett "practical joke", säger han.

Och ingen har tagit ner skylten sedan dess, noterar Leif Dernevik, som senast såg den under tisdagen.

– Den stod kvar och det är ju helt barockt. Jag vet inte om någon skojar, men jag tänkte att det var en rolig grej.

– Men vem kan göra en sån sak? Vilken skojare som helst, men det ser ju så proffsigt ut, säger Leif Dernevik.

Under veckans gång har många personer larmat trafikkontoret om den märkliga skylten.

– Det är någon som roat sig och arbetat ordentligt för det, konstaterar Pernilla Andersson, planeringsledare på trafikkontoret.

Allt pekar i nuläget mot att personen bakom ansträngt sig så pass mycket att denne åkt ända upp till Gränna för att stjäla skylten och sedan monterat den i Skintebo.

– Det är vanligt att man är förtjust i att stjäla älgskyltar, men inte de här stora. Den här har man först plockat ner i Gränna, säger Pernilla Andersson.

Den är genuin?
– Den ser ut som en riktig.

Nu kommer trafikkontoret att plocka ner skylten och byta ut den mot en Skintebo-skylt så fort tillfälle ges.

– Vi får sätta oss ner och leta efter den, säger Pernilla Andersson.

– Det är lite synd eftersom det kommer att kosta 4000-5000 kronor, även om det är harmlöst och man kan se det roliga bakom, säger hon och skrattar.

Etezaz Yousuf
etezaz.yousuf@...

Urklippet har suttit uppe på kylskåpet och blivit lite slitet med tiden.

14

Om man rör sig en bit från Göteborg, nämligen till Partille hittar man lätt ett annat lurendrejeri. Från centrala Partille tror man sig se en gammal borgruin uppe på en kulle. Men se, då blir man bedragen för det är bara en välgjord kuliss. En industriledare byggde den för att hans tyskfödda hustru skulle kunna sitta och drömma sig tillbaka till Rhendalen. Om man klättrar upp på kullen för att hitta en borg, men bara hittar denna kuliss, känns det nog som ett riktigt västgötaklimax. Någon Rhendal har vi inte här, men väl en Reningsborg.

En annan överraskning, som man kanske kan kalla för lurendrejeri, men av ett mycket angenämt slag får man när man reser genom stadsdelen Kviberg och plötsligt ser något som liknar ett rött sagoslott, eller kanske någon medeltida borg. Då har man fått syn på Kvibergs Kaserner, ett artilleriregemente, som senare blev ett luftvärnsregemente. I ett jättestall som rymde bortåt 500 hästar, ställde man senare upp luftvärnspjäser och kallade pjäshallen. Detta kunde man kanske göra en teaterpjäs om? Något i hästväg kanske?

Dessa lurendrejerier kanske var inspirerade av Göteborg. Det leder mina tankar till den helikopter som tycks stå på ett fält invid väg 158 mellan Hovås och Kungsporten. Helikoptern är inte riktig utan bara en plastmodell, som gör reklam för den närbelägna Paintballfabriken. På Säröbanan från Skintebo söderut ser man på höga klippor en bit över bebyggelsen en svartvit ko mellan träden.

Hur kom den dit? Ja, det är en skulptur av plast förstås. Den syns bäst på vinterhalvåret när inga löv skymmer sikten. (se sid 18)

16

Ett charmerande spratt finns vid en smal väg i Göteborgs södra utkant, genom att använda list: Genom att sätta upp några enkla lister på en sten har man skapat en illusion av ett litet hus, som ett litet troll kan bo i. Det finns t om en liten brevlåda med namnet "Trollet".

Visst blir man på görgött Göteborgshumör, pga sådan Göteborgshumor.

"Drömmarnas kaj" var namnet på en ren nedskräpning av Götaplatsen, ett slags konstverk som stod där sommaren 2023. Det var staket, och små bodar av trä innanför en inhägnad. Allt var bara ruckel, men utgjorde ett konstverk enligt upphovsmannen själv. Det såg förfärligt ut enligt vad många tyckte.

De följande bilderna föreställer Trollets hus, plasthelikoptern och den svartvita kon på kullen.

Det finns många trevliga promenader i göteborgstrakten. Från Oxsjön finns det två vägar till Sisjön, så om man vill kan man ta en lång rundtur. När man går mot Oxsjön och tar första avtagsvägen till Sisjön så får man se ett par glada stubbar, som piggar upp den gående. Nästa bild visar en sådan glad stubbe, med en liten mössa av mossa, dekorerad med ett par grankvistar. Anblicken av en sådan glad stubbe gör mig till en glad gubbe.

Bilden som visas på följande sida har många år på nacken. Den fina stubbe som bilden visar är idag svårt nedsliten i verkligheten, och skulle inte göra sig bra på bild.

Efter ungefär fem minuters promenad från Amundö Marina in mot stan, kommer man till en villa omgärdad av höga plank. Mellan planket som vetter mot gång- och cykelstigen och denna stig finns en rad mycket påhittiga och roliga skulpturer av plåt, eller om man törs kalla materialet skrot. En skylt tillkännager att man kommit till ett "magical corner", och här kan man beskåda en lång orm av plåt liggande på ett lågt tak, en slags byst föreställande en människoliknande varelse, en robotliknande figur ridande på en elefant (se bild), en dykare, en musiker med ett blåsinstrument framför munnen, samtidigt som han spelar på ett stränginstrument, och en bit längre bort en kvinnofigur i fullt språng, men huvud saknas och i stället finns en radda av rör. Men hon har fina skinkor och bröst. Man ser att materialet är återanvänd plåt, som varit kedjor, brandsläckare eller bensintankar. Statyerna har stått i många år och blivit rostangripna här och var. Det är inget att säga om det, figurerna är gamla nog för att ha rosträtt. Relativt nyligen har utställningen kompletterats med sju vackra svampar av trä.

Ett modernt lurendrejeri är hur man tar sig till en parkeringsplats bakom Centralstationen. Det är via en hemsk och ful labyrint och en stor omväg via provisoriska och mycket avskräckande hänvisningar fram och tillbaka. Just ett bra ställe att hämta upp gäster som kommer till Göteborg. Enda

21

fördelen är att det är rätt bra skyltat, så man klarar av att ta sig till målet, trots att det är vägar som man aldrig skulle drömma om att ta frivilligt. Man bör ha med någon slags ansiktsmask och sätta på gästen, som man hämtar, och hoppas att det kan förhindra att han får en alltför negativ bild av vårt kära Göteborg. Men det finns en lurighet inbyggd. Jag skjutsade min son och hans dotter till en parkering på stationens baksida. En skylt visade att det var gratis parkering i 10 minuter. OK, så bra, det räcker ju precis. Men ett tag efter fick jag en räkning på 84 kronor för min parkering. Det var kameror vid infart och utfart till området som fotograferade bilnummer så räkning kunde skickas. Att ta sig ut och in på 10 minuter är förstås helt omöjligt. Fy ett sådant lurendrejeri!

En liten äldre lustighet är en soffa i kolossalformat som stod på taket till en möbelaffär i Mölndal. Göteborgsfiguren Kurt Olsson (Lars Brandeby) placerade diverse intervjuoffer i den soffan för underhållningsprogrammet "Fådda blommor". Kurt Olsson är också känd för samarbetet med Damorkestern. I denna orkester spelade trumpetaren Mia Samuelsson, som jag själv spelat med i många år. Hon har nyligen fyllt år och firades med en gatuparad av musiker i en s.k." Miafestation".

I Mölndal kunde man förr också se en personbil hängande på en husfasad. Bilen var möjligen en frigolitskulptur, som var lackerad och såg trovärdig ut. Man kunde inte undgå att tänka: "Tusan också vad svårt det måste vara att parkera här. En del parkerar ju helt uppåt väggarna."

Lurigt har det varit i Angered också. Ett kamelcentrum skulle inrättas, bl a för att ge arbetslösa somalier en sysselsättning, som de skulle vara vana vid. Pengar har runnit iväg i ett decennium, några har dömts för brott, men inte ens en kamelfjärt har förnummits. Det har alltså inte varit så bråttom med att få dit några kameler. Det var mera bråttom att roffa åt sig bidrag. Det kan tilläggas att det finns andra platser i Sverige där kameler hålls utan att det varit några konstigheter. Själv sörjer jag inte kamelfrånvaron, jag har nämligen ridit på kamel i Egypten, på väg till pyramiderna i Giza.

22

Vår vackra högbro från centrum till Hisingen, Götaälvbron, har rivits pga ålderdomssvaghet. En klaffbro har vi fått i stället, men den kan inte riktigt hålla klaffen, lurigt nog. Den fastnar när den gått upp en liten bit, och folk klänger över brådjupet för att komma fram. Senaste anses orsaken till stoppet vara häftig temperatursvängning, som de olika benen på bron reagerat på. Meteorologerna får väl varna när det behövs. Det får mig att tänka på ohms lag om spänning, strömstyrka och motstånd, som vi lärde oss i skolan, och som nog har inverkan på flera olika tekniska områden. Även inom meteorologin. Det finns mycket elektrisk laddning när det är åska i luften. Vem har inte hört talas om väder-ohms-lag? Den nämns ju i många väderrapporter.

I Mölndal, alldeles intill läkemedelsföretaget Astra – Zeneca, har det vuxit upp ett nytt område helt ägnat åt "life science". GoCo Health Innovation City är namnet. På taket finns tre mänskliga figurer av ett speciellt lurigt slag. Bilden visar två av dem. När de ses lite grann från sidan kan man tro att figurerna är solida som statyer, men ser man någon av dem alldeles framifrån, blir den nästan alldeles genomskinlig. Figurerna är nämligen uppbyggda av tunna skivor med mellanrum emellan. Framifrån är det mellanrummen som dominerar. Visst lurar de ögat?

23

I Göteborg finns oerhört mycket musik. Vi har konserthus, Opera, jazzklubbar och mycket annat. Ibland förekommer gatuparader med marschorkestrar. Jag var själv med i en sådan när jag läste medicin. Den kallades Blåshjuden (sic), och vi gick omkring med våra lurar i handen, fullt beredda att när som helst klämma i med något klämmigt. Vi har spelat i ett plan över irländska sjön och från toppen av Eiffeltornet. Då kan man snacka om att spela högt. En pilot kom ut ur cockpit och lyssnade, och efter en stund kom en till. Vi frågade lite oroligt om vem som flög planet, och fick tills var att det kunde autopiloten göra en stund till. Vi var väl aldrig perfekt stämda, men stämningen var ändå på topp. Den var hög när vi träffades.

En annan originell orkester är Chalmers Barockensemble. Jag har hört dem flera gånger på senare tid. Det är en prydlig samling ungdomar med de flesta instrument, som förekommer i en symfoniorkester. Många fioler finns det. Dirigenten är en man klädd i lång klänning. Han råkar ibland i gräl med personer som vill påverka musiken, eller ta över dirigeringen. Han

24

dirigerar med högtidliga gester. Avslutningsstycket brukar få sin verkliga höjdpunkt, inte med ett kraftigt pukslag, nej kraftigare doningar kan man ju ta till. Man rullar in en toalettstol, som en man med stor slägga krossar. Det blir en grand finale! Alla blir imponerade, eller kanske förkrossade. Dass ist die Ende.

Vi ser på föregående sida solisten på slägga få in några avgörande slag på toalettstolen. Ovanför porslinet känner vi igen mekanismen i toaletten. Slägghuvudet har drabbats av rörelseoskärpa på grund av våldsamheten i attacken.

Chalmerscortègen är en synnerligen imponerande historia som drar mycket folk. De duktiga chalmeristerna kan hitta på de mest bisarra inslag. Företeelsen är så välkänd, så att ingen närmare beskrivning behövs. Jag vill bara visa en bild från årets Cortège, 2024, en bil som faktiskt körs upp och nedvänd. Under taket ser man extra hjul om man tittar noga.

I oktober 2023 slog ett vildsint mördargäng från Hamas till mot Israel och mördade så många de kom åt. Israel försvarade sig ilsket och framgångsrikt. Det blev stor nöd för de boende i Gaza, stor sympati riktades mot palestinierna, och det blev demonstrationer mot Israel på många håll, fast de ursprungligen bara försvarade sig. På Göteborgs Universitets gräsmatta slog palestinasympatisörer från universitetet läger, och flera skyltar talade om vad de tyckte. Universitetet ligger vid Vasaplatsen, och demonstranterna döpte sitt tältläger till Gazaplatsen, så även där stack göteborgshumorn upp. Visst är det bättre än motsvarigheten i Lund, där Lundagård döptes om till Palestinagård?

Bilden på denna sida visar en del av lägret, med universitetet i bakgrunden. Några palestinska flaggor skymtar.

En märklig historia, som lär ha tilldragit sig i Göteborg, kommer här. Det var då en hel del gammal bebyggelse hade rivits för att ge plats åt den nya

27

stadsdelen Nordstan. Där var det lite öde vid den tiden. En stackars man hade varit magsjuk flera dagar, men när han trodde sig vara bättre gick han ut för att få en nypa frisk luft. Så fick han häftiga trängningar till tarmtömning. Han såg sig snabbt om, men såg ingen i närheten, så han drog ner byxorna och lät tarmen spruta sig tom mot gräset invid kanalen. Men han var inte ensam. En hastigt uppdykande man sparkade argt av sig träskon och sparkade till sjuklingen med sin bara for rakt på ändan. Ja, foten blev ju smetig och alldeles brun, så förövaren måste gå och skölja sig i kanalen. Där blev han upphunnen av ett par karlar, som tog tag i honom och anklagade honom för misshandel, men den sparkade ville inte göra någon sak av det hela, så allt lugnade ner sig och sällskapet skingrade sig. Någon av dem tipsade en blaska i Göteborg, som betalade 1000 kronor för tips, som man kunde skriva om. Några kontroller om sanningshalt gjordes förstås inte, och all källkritik saknades. Varför kolla en bra historia, då kanske den spricker? Ja, det har man ju hört. Skribenten gjorde sig väldigt lustig över "Brunsparken vid Brunnsparken" och "Analen vid Kanalen". Men det var ju egentligen bara en liten skitsak.

Det göteborgska idiomet var smittande. Jag fäste mig direkt vid förstavelsen "gör" som kraftigt förstärker det som kommer efteråt: görtråkigt, göräckligt etc. Det är förstås inte bara något negativt, som kan förstärkas med denna förstavelse. Man kan också säga "nu är det görgött att leva". Jag lärde mig att använda det själv, speciellt en gång när jag tappat och slagit sönder några 78-varvare. De är ju ganska sköra, så lite svinn får man allt räkna med. Men när jag tappat några fina Gershwin-skivor var det speciellt tråkigt. Det var ju ett riktigt Gör-svinn!

Efter att ha gjort medicinsk randutbildning först i Sandviken och sedan i Valdemarsvik kom jag tillbaka till Göteborg. I Valdemarsvik hade jag sett en vacker segelbåt, som var till salu, och jag köpte den direkt. Det var en "skärgårdstrettia", en lång, smal segelbåt med jättestort storsegel, 30 kvadratmeter. Segla lärde jag mig i Valdemarsviken. Jag tog båten med till Göteborg via Göta Kanal. Nu tänkte jag ju bli en riktig göteborgare, och då fordrades innehav av segelbåt. Men på västkusten blåste det för mycket

28

för att just den båten skulle vara praktisk. Den krängde ner alldeles för mycket, och den hade inte självlänsande sittbrunn heller, så jag tvingades sälja den. Sedan köpte jag första plastbåten, en liten rund sak som hette RA-kryssare. Den hade fått god kritik, men seglade inte särskilt bra, så jag bytte snart. Den Accent, som jag skaffade, var en ganska känd kappseglingsbåt. Den var mycket fin, men jag tyckte inredningen var lite tråkig, när hela styrbordssidan i ruffen upptogs av spis, diskbänk mm. Min sista båt blev en riktig skönhet, en 35 fots båt kallad H-35. Den var mums. Så snabb den var! Inredningen var helt traditionell och det är väl det bästa.

Jag lärde mig segla. Jag skötte det praktiska med hanteringen av båten, och Christina, min fru, visade sig vara bra på att läsa sjökortet, så hon fick navigera. Vi seglade först till de olika öarna i Göteborgs närhet, sedan blev det längre seglingar norrut där det var skärgård. Sedan söderut där det var mer öppet hav, och vi upptäckte ljuvliga Laesö, och Anholt, där vi gärna gjorde en anhalt. Så småningom blev det segling både till Danmark och Norge. Vi seglade både på Göta Kanal och Dalslands kanal. Efter en vecka med kulingar på västkusten, var det skönt att komma in i Dalslands Kanal från Norge till Vänern. Det fordrades ett lyft med kran och transport av båten till en av Dalslands sjöar. Vi hade ju barn med oss, och blev det hårt väder, så stängde vi in dem i ruffen för deras säkerhet. Kanske en form av barnmisshandel, men det är väl preskriberat vid det här laget. Inget av barnen har blivit någon seglare. Konstigt eller inte?

Med båten kunde man slå utan att vara våldsam, och man kunde falla av utan att lämna båten. Det blev gippande, kryssande, slörande, länsande och skotande och en massa annat. Att slöra var lätt och bekvämt, man kunde faktiskt slöa och slöra samtidigt. Det var förlig vind och bidevind. Den förliga vinden är konstigt nog också akterlig. Vi lärde oss fort seglingsspråket. I hemmahamnen i Fiskebäck såg vi att en starbåt hade gått på grund och skadat kölen. Men det var inte allvarligare än att skepparen med lite hjälp kunde laga skadan. När således star-kölen var reparerad, firade man med att öppna burkarna med starkölen. Vi lärde oss också att det fanns stora roddbåtar för roddtävling, som hade flera par åror. Vi fick en fråga åt vilket håll båten skulle gå om den ene roddaren rodde åt väst och den andre åt ost. Svaret blev att båten skulle röra sig västerut förstås. Det fanns ju en som rodde ditåt, och att den andre satt på sin toft och bara åt ost satte väl endast ner farten. I sammanhanget kan det också vara motiverat att förklara vad en Bries är. Det är naturligtvis en måttlig, ostlig vind. Det hörs ju på namnet.

Första båten hette Jarramas, efter en fullriggad seglare, som nu finns i marinmuseet i Karlskrona. Båt nummer två, den lilla plastbåten, var gul och fick därför heta Honey. "Honey" kan man ju också kalla någon man tycker om, så det passar ju bra. Kan man kalla sin tjej "Honung" på svenska? Kanske, är <u>hon ung</u> kan det ju passa bra. En dröm var att hitt en ostörd naturhamn. Där kunde vi bada och sola nakna. Vi plockade också vilda musslor under stenarna och kokade. Det var gott! På den tiden var det inte tal om några föroreningar. Att vara mycket lättklädd passade bäst mitt på sommaren. Och precis därför kallade jag det "sommarkjolståndet", den tid då kvinnornas kjolar var som allra kortast. Jag har hört talas om att de ibland inte hade något under - då var de naturligtvis alldeles underbara!

Det var kanske på sydliga delen av Amundön, som jag skådade en segelbåt med en naken flicka ombord. Hon stod upp i sittbrunnen och spanade framåt. Rorsmannen satt på akterkanten av sittbrunnen och spanade han också. De höll på att försöka lägga till vid en klippa. Seglen var nedtagna, och motorn puttrade försiktigt. Han satt där med ankaret i handen, och släppte strax ned det i vattnet. Hon gick upp på däck, och fram mot fören för att spana. Hon lösgjorde en förtöjningstamp som var fäst vid pulpiten. Jag gick fram för att erbjuda mig att ta tampen. Då gick hon först till sittbrunnen, och mannen gav henne en klänning i handen. Det var en lätt sommarklänning av den sorten som man knäpper framtill. Hon trädde in armarna i öppningarna, som var avsedda för det, men knäppte inte en enda knapp. Klänningen fladdrade löst på henne, och hon visade hela sin nakna framsida. Kanske hon hade kommit på att det är helt ok att vara naken på den sydliga delen av Amundön. Jag tog tampen åt henne och drog in båten lite lagom, samtidigt som jag njöt av anblicken. Så tog jag tag i

30

pulpiten och höll båten stilla så att hon kunde hoppa ned på klippan. Sedan fick hon förtöjningstampen för att kunna förtöja var hon ville, och jag gick därifrån utan att fördröja. Uppenbarligen och övertydligt var hon helt underbar hon också.

De två stora och vackra båtarna blev båda döpta efter min fru, Chrissie, och Chrissie II. Det är lustigt med båtnamn, och ägaren vill ofta vara lite rolig. En kollega till mig hade en båt som vitsigt nog hette "Segla ut", och jag vet en annan som kallade sin båt nummer två för "Minandra", och det lät ju riktigt vackert.

Nästa bild visar Jarramas´ fina navigatör som gör sin morgontoalett.

Detta om segling får mig att tänka på mina favoritblommor. Den ena är blås-ippan, för att vinden behövs för segling, och för att jag roar mig med blåsinstrument. Den andra favoritblomman är vits-ippan som får mig att tänka på göteborgarna.

Men det var inte bara segling som gällde. Vi gjorde en busstur till trakten av Siljan och Dalhalla. Då vi kom till en kulle varifrån vi fick vår första skymt av Siljan, stannande chauffören, tillika guiden, så att vi skulle få se på utsikten. Svenskarna var begeistrade liksom de utlänningar som fanns ombord. En tysk utropade "Sehr schön!", och vår guide som ville prata med alla svarade: "Jag förstår att du ser sjön, den ligger ju alldeles framför oss." Fransmannen utropade: "C´est enorme!" Varpå vår chaufför svarade: "Sa du att du sett en orm? Men jag tror inte att de håller till här bredvid motorvägen."

32

Vid millennieskiftet tilldrogs sig något som kallades Nyårsdoppet vid Askimsbadet. Det hade varit ett dopp året innan också, men då firade vi nyåret i en riktigt gammal och fin kyrka i Östergötland. Nu anmälde jag mig till nyårsdoppet. Det var en startavgift för att få vara med, men det skulle också vara en dragning efter fullbordat dopp och det fanns fina priser att vinna. Åtta stora företag fungerade som sponsorer. Jag kom dit i god tid och klädde om i ett tält som var omklädningsrum. Där noterade jag att en del personer klädde om till våtdräkt, och det var väl lite fuskigt. Jag tog på mig mina badbyxor, och vid starten gick jag ut i vikens grunda vatten. Det var då is invid strandkanten, och vattnet var verkligen iskallt. Man får gå en bra bit ut innan det blir så djupt att man kan doppa sig. Sedan vidtog en simtur ut till en roddbåt där det satt två tonårsflickor. I båten skulle man slänga in en liten bricka, som utgjorde ens deltagarbevis och som möjliggjorde en dragning för att få fram vinnarna. Flickorna satt och guppade i båten, som gradvis flyttade sig längre och längre ut. Det blev en lång och kall simtur efteråt. Det blev både trängsel och tumult, och alla mådde inte bra av det. En del blev så nedkylda att de måsta tas till sjukhus. Så skulle man torka av sig och byta till vanliga kläder igen, i det ouppvärmda tältet. Askims bastu var olyckligtvis stängd den dagen. Därefter var det dags för dragning. En tillfällig scen hade ställts upp på stranden. Där uppträdde en tv-kändis, en man som jag inte vill namnge. Framför den nedkylda, huttrande publiken stod han och babblade på som om allt tilldragit sig i en uppvärmd studio. Så fick han syn på en liten pojke, som han lockade upp på scenen. "Vad heter du då, min lille vän?" Bla, bla bla bla. "Var har du dina föräldrar då" Bla, bla igen. Jag fick lust att skrika åt honom: "För helvete, dra då någon gång, fattar du inte att vi nästan står här och fryser ihjäl!" Det skrek jag naturligtvis inte, men jag tänkte desto mera. Jag vann ingenting, och det hade jag förstås inte väntat mig heller. Jag fick gå till min nu ganska kalla bil, men det var skönt att komma hem igen oskadd.

Det blev lite skandal att organisatörerna hade skött det så dåligt, och för att en del människor råkat lite illa ut, så något mer nyårsdopp blev det inte.

Detta är en detalj från en T-shirt som är mitt minne från doppet.

Vi hade ett party för nära släktingar när jag fyllde ett hemligt antal år. En del var försenade, men jag ansåg att man inte skulle vara otidig mot den som var sen. En systerson till min fru gillar speciellt mycket att komma och träffa släkten. Jag sa till honom att han är som en brandsoldat. Hur så? Jo, du gillar ju när det är släkt! Efter en kräftskiva skrev jag mail och sa att det var bra att vi samtidigt kunde bekräfta vår vänskap och våra tallrikar. Till kräftskivan hade vi förstås de drycker som Albert Engström slagit fast att kräftorna krävde. Jag serverade också gammal lagrad och fin rom. Den var så gammal att jag kallade den för Romantik. En av våra gäster medförde en flaska "bubbel". På etiketten stod två ord med fet stil. Det var **Cava** och **Brut.** Han lämnade cavan till min fru och blev således hennes "cavaljer", men helt utan brutalitet.

34

När jag först kom till Göteborg var jag en smärt yngling. Nu är jag en gamling, men med smärta. Det kanske jämnar ut sig. Inte jämrar jag mig i alla fall. Tiden har lidit, men jag har inte lidit med den. Jag har mest haft kul. Den Göteborgska kulturen har passat mig bra. Nu måste jag kanske definiera min syn på begreppet "kultur". Jag ser den som en rundtur mellan alla de konstnärliga aktiviteter som den mänskliga fantasin har hittat på. Men observera! Det måste vara en <u>kul tur</u>! Litteratur är en viktig del av kulturen. Jag tror att namnet indikerar att man måste ha tur med bokstäver. Om det är skräplitteratur kan man kalla det för "litterature" efter engelskans "litter". Man kan också kalla verksamheten att konstruera meningar och stycken för "Ordbruk och bokstavsskötsel" enligt författaren Patrick Meurling. Poeter är ett släkte som vill ge världen en "ordagrann" beskrivning. Poeter gillar nog också när det är kallt, för då täcks bilens rutor av "rimfrost". Bilens rutor får mig att tänka på ett knep som får alla kvinnor att se bra ut. Det är naturligtvis bara att putsa fönstren ordentligt.

Nu tycker kanske någon att jag dragit till med lite för mycket skämt. Skämt tycker jag nämligen är tämligen tilldragande. Skämt åsido, som frukthandlaren sa. Kanske är det inte alltid tilldragande, men det är väl bättre med lite skämt än mycket oförskämt!

(En anmärkning. Jag vill att det jag skriver ska vara sant. Ett litet undantag var skrönan om "brunsparken". Den historien har som syfte att avslöja en annan sanning. Nämligen att en kvällstidning i Göteborg kan betala ut 1000 kronor till en tipsare och sedan trycka något som inte behöver vara sant, utan minsta försök att kontrollera historien. Det kan bli vilken "skit" som helst. Ett riktigt praktexempel är berättelsen "Patientbranden på Sahlgrenska" som är med i min kåserisamling "Läkarväskans hemligheter". Något om sparken vid Brunnsparken har inte stått i någon tidning.)

Bilden på de vackra kasernerna är kopierad från SUSTENDs hemsida, med tillstånd.

Jag lät Sture Hegerfors läsa en tidigare version av mitt kåseri. Han uttryckte sitt gillande och sände mig en liten intervjubok, och i den hade han skrivit följande dedikation:

Tack Sture!

Bondbönerixdag 2023-08- 05

Bondbönespelet är ett slags amatörteater, ett spex där deltagarna i stort sett improviserar sina insatser efter en grov skiss utarbetad av en regissör. Det har gamla anor. Ursprungligen var det en verksamhet som skulle underhålla och hjälpa kolare, som var isolerade i sina kolarkojor. Den flyttades senare till en ö i sjön Alstern, Kullbergsöa. När man inte kunde fortsätta där, fick Bygdegården i Pardix, som numera heter Paradisgård på kartorna, överta all rekvisita man samlat på sig. Jag har beskrivit bondbönespelet i min bok "Himmelsprotokollet och Låtsasriket". Det är naturligtvis det fiktiva Bondböneriket som avses.

Detta blev kanske sista bondbönespelet, så därför var det roligt att vara med. Det är också 20 årsjubileum. För att fira detta hade vi med ett patrask, som spelade lite popmusik. Ja, missförstå inte. Namnet på orkestern var Patrasket, men det var trevliga killar.

Bondbönespelet har varit igång så länge att det finns fina kostymer för de olika rollerna, till exempel kungens och drottningens. Så finns det en pirat med en fin piratkostymering, en riskminister i uniform med hög kask, och en hemvärnsman i en genuin militärkostym. Den karltokiga hovdamen Tekla, har en folklig dress, men på brösten har hon små tofsar av den sort som strippor ofta har. Det är hon som startar hela spelet genom att deklarera en liten presentation av Bondböneriket. Man kan säga att hon Teklamerar. Sista frasen är alltid "Välkomna, när reser ni?" Det är ett citat från vad som brukade sägas på Kullbergsöa.

Hon hade flera visor att sjunga. Först fröken Chic i Sickan Karlssons version, till stor del för att jag skulle kunna komma in och sjunga en ironisk parafras med en text av min far, med lite komplettering av mig själv. Så sjöng hon "Lite kärlek" som Brita Borg har lanserat, och en rolig duett med riskministern, där båda bröt på småländska, och hon hade då en dress som gjorde att hon såg ut som en småländsk jänta. Duetten var riktigt humoristisk. Det var ministern, tillika vår regissör och idéspruta som hade bidragit med den.

Några personer, som brukar vara med, saknades denna gång. Vi fick klara oss utan två "trädgårdsmästare", som mest brukade sitta vid ett bord och supa. Mera saknade vi nog gestalten Nils på Nabben, ursprungligen en riktig person, ett original från trakten, och genialt spelad av en person med så festligt kroppsspråk, att man blev full i skratt bara av att se honom.

Den talföra och driftiga Ica-Pia, med artistnamnet fröken Finkel, som brukade vara barmaid, var arbetslös denna gång. Av myndigheterna genomförda kontrollerade bränder, hade konstigt nog medfört brist på brännvin, så som barägare var hon nu barskrapad. Hon var dock inte arbetslös länge, för hon blev utsedd till ny riskminister, sedan den gamle blivit avskedad för att han för ofta gnällt på kungen. Den avskedade sörjde inte för det, utan gladde sig snarare över avgångsvederlaget och en kommande rofylld tillvaro.

Ett frejdigt och kriminellt motorcykelgäng vid namn Sunnemo Streakers, som varit med i flera spex, representerades nu av ett par gubbar med rollatorer.

Hemvärnsmannen fick nu ett sångsolo, som en trädgårdsmästare haft tidigare. Solot utfördes sittande på dasset med öppen dörr. Det var också han som lånade ut en fiol till näcken, dvs mig.

Min Christina spelade drottning, eftersom den vanliga drottningen var sjuk. Hon var alltså bidrottning, och som sådan honungsljuv. Hon deklamerade en speciell version av "Så skimrande var aldrig Alstern…" Jag spelade en bakgrund på flöjt, och sedan en soloversion av melodin, där jag höjde tonarten till originalversionen. Jag blev sedan av kungen utsedd till musikminister, och blev därefter skrudad i min gamla blåshjudsjacka med medaljer, och en militärisk mössa från DDR med originaltexten Grenztruppen der DDR, fast bokstäverna hade ändrats till det mer

38

passande BBR, BondBöneRiket. Våra gränstrupper bestod egentligen bara av hemvärnsmannen.

Jag blev ombedd av kungen, som jag alltid kallade Ers Majonäs, att berätta om mina meriter. Jag demonstrerade bl a naturtonerna, som jag fick ut ur en vägpinne i plast, och hur man spelar starka och höga toner på en ölflaska. Sedan skröt jag om mina teoretiska musikkunskaper.

Man har inget manuskript, utan det man säger är improviserat i stunden. Jag talade om symfoniorkestern, och att det var fiolerna, som var mest strängt upptagna. Altfiol kallas viola, och den som spelar violast. Därför kan man säga att i orkestern är violasternas summa konstant.

Jag rapporterade också att trumpetarna var irriterade, för att namnet på deras instrument kunde påminna om den ökände Donald Trump. Det kändes lite trumpet för dem. Vi måste därför hitta på ett nytt ord för instrumentet. Man kan utgå från "phon" alltså ljud, som i saxophon, sousaphon, phonogram mm. Till det kan man lägga ett uttryck för instrumentets trattliknande klockstycke så att man får ordet Phontratt. Mycket bra, tyckte kommittén i början, men det finns ju alltid kritiker. "Vad fan, ropade en. "Fåntratt, då påminner det ju bara ännu mer om Trump". Ja, så var det ju. Förslaget föll direkt.

Vi hade en väldigt påhittig och trevlig tjej som hette Ann-Marie. Hon var klädd i en gammal sliten päls och kallades Stenflisa. På ett rep sa hon att hon var rikets äldsta. Oj då, tänkte jag. Då ropar jag att då är du väl en sån där Urinvånare, och då är du väl analfabet också? (Betona andra stavelsen så blir betydelsen lite speciell.) Men på uppspelningen använde hon inte repliken om att hon var äldst, så då uteblev mitt planerade svar.

Ann-Marie var väldigt rapp i repliken, hon fabulerade fritt och entusiastisk. Det var lätt att spela mot henne, det var bara att ge henne svar på tal. Hon hade tidigare erfarenheter av skådespeleri. I spexet träffade hon mig när jag var skrudad som näck, till större delen endast klädd i näckrosor och d:o blad. Hon fiskade i bäcken och råkade få mig på kroken. Jag hade spelat in plaskande och skrikande, som spelades upp i högtalarna, och sedan kom jag som dragen upp på land av henne. Det föreställde att hon varit min kvinna en gång och tillbringat en massa tid i vattnet med mig. Det hade hon tröttnat på, likaså var hon trött på att jag varit ihop med skogsrået. Hon skällde på mig, och kallade mig en ful fisk, och jag skällde på henne och hennes gamla loppätna päls, som nog innehöll mycket annat obehagligt än bara lopporna. Hon medgav att hon hade en hel loppcirkus med sig. Så småningom blev våra tonfall allt försonligare, och jag bad henne komma tillbaka till mig. Jag kallade henne "min lilla Flisa". Detta gjorde henne lite fundersam. Hon övervägde förslaget och frågade publiken till råds. De ropade ja till att hon skulle bli ihop med mig igen, så vi gick tillsammans ner mot bäcken. I skydd av ett tält skrudade hon också om sig till näckrosprydd kort klänning med släp. I denna var hon en angenäm syn, och vi gick upp till scenen igen, där resten av ensemblen avslutade tillställningen. Därefter gick vi alla sjungande upp till Bygdegården där vi ställde upp för fotografering och välförtjänta (?) applåder.

foto: Elon Gidenstam

Hela ensemblen: dragspelare Bertil, Kungen, Riskministern, Pelle, sjörövaren, Pia (skymd) Tekla, Ann-Marie, alias Stenflisa, Näcken, Drottning Christina.

Det röda huset i bakgrunden är bygdegården, en samlingsplats för orten med servering av kaffe, kakor och tårtor vid olika slags sammankomster. Ursprungligen var det en skola, där min egen mamma Nancy en gång har gått.

På platsen finns också två små byggnader, som innehåller minnessaker från Bondbönespelen, och mitt emot skolan liggen en rätt stor timrad byggnad med balkong och en stång som på en brandstation, som man kan glida ner på.

41

Huset är i princip ett förråd av de många föremål som används vid spelen.

En bit bort, under ett tak, står vikingaskeppet Ormen Långe, som tidigare faktiskt trafikerat sjön Alstern. Christina och jag hade för många år sedan gäster från Frankrike, när Ormen Långe kom förbi, klart synlig för oss, som satt vid ett trädgårdsbord med utsikt över sjön. Den främmande mannen blev alldeles till sig. "Un drakkar, un drakkar (*drakskepp*)!" ropade han exalterat och hoppade och viftade med armarna. Att se ett drakskepp var mycket exotiskt för honom. Dagen efter, under en tripp till älven, "Älva", försökte han gå över en spång bestående av två stammar fällda över vattnet. Han fick sig ett ofrivilligt dopp. Men allt blev till pittoreska minnen från Sverige.

foto: Elon Gidenstam

Stenflisa i näckrosskrud med den fula fisk hon fick upp ur bäcken.

foto: författaren

44

Nyblivna sjöjungfrun framför Kungens tron med det grön-röda avträdet i bakgrunden. Samma avträde som varit scen för hemvärnsmannens sångframträdande.

foto: författaren

Här ser vi på nytt sjöjungfrun, f d Stenflisa, framför den ganska rustika kungatronen. Stolen bredvid, med röd dyna är avsedd för drottningen. Den stora klockan går att ringa med. Till vänster i bakgrunden finns förrådsbyggnaden. Mer om Bondböneriket finns i min bok *Himmelsprotokollet och Låtsasriket.*

Harald sjöng många visor, mest på svenska.

Jag minns särskilt en sång som skiljer sig från de flesta därför att pappa själv gjort texten.

Originalet heter Fröken Chic, och den kan man höra på youtube framförd av Sickan Carlsson.

Texten handlar om en mycket elegant kvinna, som väcker allmän beundran. Pappas text är ironisk och rolig. Den handlar om en man som nog inte beundras av någon alls. Tyvärr kommer jag inte ihåg allt. Jag fick skriva till ett par rader på slutet.

Jag ner till stranden vågade mig fram
Från stadens rök och damm,
För jag ville preparera min bedrövliga gestalt
Med sol och luft och salt.

På stranden var det fullt på var kvadrat
Och likaså i spat.
Jag blev klämd emellan tvenne kolossala bakpartin
Precis som en sardin.

Titta blott på min figur, klämd och bucklig, eller hur? Jag borde ha ett eget litet rum,
I ett akvarium

Vi klädde av oss fritt och familjärt,
Det lyste blått och skärt
Och en klänning i frotté låg och fladdrade breve
En bomullskvalitet.

Det var så bökigt och det var så dant,
En närsynt gammal tant
Slet i ryckte i min skjorta och bedyrade så gällt
Att det var hennes tält.

Titta blott på min figur …

En unge öste sand i mina skor
Tillsammans med sin bror.
När han ville gå och kissa, då sa pojkens mamma att
Vi tar och lånar farbrorns hatt.

Nu kan ni säkert hålla er för skratt
När ni får veta att
Vad som hände sedan har jag redan alldeles glömt bort,
Mitt minne är för kort.

Refräng, alla sjunger och pekar finger på den tidigare solisten, som om
de ville göra narr av honom.

Titta blott på hans figur!
Klämd och bucklig eller hur?
Han borde ha ett eget litet rum
I ett …herbarium!

De sista fyra raderna i versen har jag lagt till. Jag sjöng texten på bondbönespelet 2023. Sjunga solo är annars något som jag verkligen brukar avhålla mig ifrån, i allas intresse, men här var det för att framföra en rolig text, och då fick ändamålet helga medlen. Haralds text har varit med i en tidigare bok, men här har den blivit komplett med min komplettering som börjar med "Nu kan ni säkert hålla er för skratt"…

Hur jag undvek att drunkna i Rio

Foto: författaren

Bilden visar karnevalsmasker inköpta i Rio.

Som underläkare har man ett tufft jobb. På thoraxkirurgen var det operationer varje dag, inskrivningar och utskrivningar och besök på polikliniken fick man göra efter operationsprogrammet. Till akuten kunde man bli kallad ibland. Trots mycket arbete under dagen var man också tvungen att vara primärjour på natten. Vissa nätter sov man lite ibland, andra kanske inte alls. Ja, visst låter det jobbigt, men så var vardagen.

Så blev man ju lite etablerad och fick ytterligare uppgifter, nämligen att forska, för arbetsplatsen var ju också en forskningsklinik. Utöver det hårda dagliga arbetet hade man till slut också sina forskningsuppgifter, och forskningen var helt oavlönad. Jamen, man fick inte pengar, men däremot helt andra belöningar, väl så eftersträvansvärda. Varje framgångsrik forskningsuppgift måste mynna ut i en vetenskaplig artikel i en välrenommerad tidskrift. Det gav ju meriter, men inte bara det. Fick du artikeln antagen så kunde du också skicka in ett föredrag till en stor kongress, och på så vis få resa nästan jorden runt.

Som jazzintresserad hade jag stor glädje av att få göra flera resor till New Orleans, där det fanns ett stort Kongresspalats, och under tiden avnjöt jag klassiska jazzställen, åkte flodbåt på Mississippi mm. Vid mitt första besök hade jag av ren tur fått ett hotell mitt på jazzgatan Bourbon street. Första dagen jag gick ut för att gå ner till Mississippi, såg jag en färgad musiker stå lutad med ryggen mot en palm, spelande blues, medan jag för första gången såg Mississippis vatten blänka bland träden. Vilken upplevelse! På stadens jazzmuseum kunde jag också beundra Louis Armstrongs första kornett. Sliten, men vad gjorde det! Desto mer autentisk.

Ett av mina första ambitiösa projekt var experiment med hundar och olika sätt att lägga dem i hjärtlungmaskin. Det var tillsammans med min chef Göran William Olsson och en erfaren narkosläkare.

Titeln på arbetet var: *Cerebral perfusion in dogs during pulsatile and non pulsatile extracorporeal perfusion.* Den publicerades **i The Journal of Cardiovascular Surgery** 1985. Ett föredrag om detta projekt tog mig till Rio.

50

Ett annat projekt rörde ett sätt att diagnosticera spridning av cancer i lungan, genom att hälla in steril koksaltlösning i lungsäcken, skaka om och ta ut vätskan igen för att leta efter cancerceller.

Detta arbete gjorde jag i samarbete med en lungläkare i Uppsala, Gunnar Hillerdal och tre andra medarbetare. Titeln blev; *Prognostic value of malignant cells in pleural lavage at thoracotomy for broncial carcinoma.* Publicerat i tidningen **Lung Cancer**1998.

Ett föredrag om detta projekt tog mig till New Dehli i Indien, och min fru fick följa med på den fantastiska resan. Vi avnjöt det myllrande livet i Indien, såg elefanter på gatan, lejde en roddare för en tripp på Ganges, och vi såg det fantastiska Taj Mahal. Jag såg en ormtjusare som spelade flöjt och fick en kobra att dansa. Han lät mig också känna på att ha en pytonorm om halsen. Hur kändes det? Jo, när ormen låg stilla kändes det ok, men när han började röra sig kändes det vidrigt.

De flesta publikationer och föredrag ledde till resor i Europa och USA, ofta New York, London, Paris mm. Jag var också i Kairo och Alexandria. Jag red på en kamel upp till pyramiderna, och var inne i den största av dem.

Det mest lovande var kanske en sjukdom som jag upptäckte själv. Vi opererade patienter med en förmodad lungtumör, men det visade sig ibland bara vara en hoptryckt del av lungan. Det var inflammation i en del av lungsäcken, som fick den att skrumpna och trycka ihop lungan under den. Jag började undersöka vad det rörde sig om. Vi fann asbest i en del av lungsäcken, och att detta rörde sig om en speciell sorts asbestos, inte tidigare beskriven. Jag kallade förändringen *Shrinking pleuritis with atelectasis* och skrev en artikel om detta i tidningen **Thorax** 1982. Det blev flera artiklar och slutligen en doktorsavhandling 1984. Avhandling väckte intresse internationellt, och jag blev bjuden till en yrkesmedicinsk kongress i USA. Där träffade jag en professor som var en slags kontaktperson med asiatiska vetenskapsmän. Jag blev erbjuden en föreläsningsturné i Asien inklusive Sovjetunionen och Kina. Jag skulle själv resa till en plats i östblocket, och därefter skulle den asiatiska organisationen ta hand om allt inklusive resande och all inkvartering. Det var ju mycket lockande. Tänk så mycket jag skulle få se! Det är klart jag tackade ja. Men innan detta han bli verklighet så inträffade massakern på Himmelska Fridens Torg i Peking 1989. Folket demonstrerade för frihet och yttrandefrihet, men protesterna slogs brutalt ned av regimen. Tusentals personer dödades. En man med inköpskassar i handen ställde sig i vägen för stridsvagnar. Detta filmades och spreds över hela världen. Hela västvärlden demonstrerade mot Kina, och det blev naturligtvis omöjligt för mig att resa dit och prata om vetenskap. "Snopet" kan man kanske kalla det, en verklig underdrift.

Men nu åter till Rio de Janeiro. Vi flög från Torslanda på den tiden, nästan rakt söderut och mellanlandade i Lissabon. Sedan var vi snart i underbara Rio. Jag träffade klinikchefer från Lund och Uppsala, och några kända engelska läkare, som alltid brukade vara med på thoraxkongresser, och det gjorde att jag kunde känna att jag var i välbekanta kretsar. Jag bodde på ett Sheraton hotell, som låg alldeles vid en liten strand, inte någon av de stora kända. Där bodde också en ung kirurg från Lund, så jag kände att jag hade en kompis. Det var underbart med havet, och vi tog ett dopp varje morgon och kunde sedan gå in och få en fantastisk frukost, där det bl a serverades en lång rad med frukter, varav många var helt nya för mig. Det var september, och tidigt i säsongen för Rios invånare, så den lilla stranden var rätt öde. Det fanns upphöjda stolar för badvakter, och det fanns flaggstänger där det kanske skulle vara varningsflaggor ibland, men flaggstängerna var tomma.

De stora stränderna var Copacabana, Ipanema och Leblanc, och jag besökte dem alla. Det var mycket breda sandstränder, mellan havet och höghusbebyggelsen. På avstånd såg man de höga bergen, och man kunde ibland skymta slumkvarteren, *faveolas*, som låg däruppe. Jag föreställde mig hur kiss och avföring letade sig ned mot havet, för riktiga avlopp hade de nog inte i slummen. Jag minns att jag reste förbi ett slumområde, det var nog med buss. Utanför ett gammalt, fallfärdigt skjul, som tydligen tjänstgjorde som bostad, satt en man och en kvinna i varsin solstol. De

52

smuttade på en dryck, och de såg ut att koppla av och ha det härligt. Skönt att det finns ögonblick av livsnjutning även i påvra omständigheter.

Det var en liten kulturchock att se de badande kvinnorna på de fina stränderna. Det var inga nakna bröst, som det ofta var hos oss, men däremot exponerades stjärtarna väldigt frikostigt. Det var baddräktsunderdelar, som verkade vara alldeles för små, ibland bara stringtrosor. Även shorts och liknande smet åt om stjärtarna så att de exponerades väldigt mycket. Med kollegorna var jag på olika klubbar mitt på dagen, och såg dansande kvinnor med väldigt lite tyg på kroppen. För mig skulle det kanske ha känts lite porrigt, men jag såg mammor, som var där med sina småflickor, och alla sjöng med i låtarna och klappade händerna, så det vi fick se var helt accepterat, och tydligen inget att skämmas för. På ett fint hotell fanns en liten sambaorkester, som spelade och uppträdde. Hur det nu kom sig, så fick jag vara med där med ett litet rytminstrument. Jag hade ett kort på mig med sambaorkestern, som någon av de andra kirurgerna tog, men det har tyvärr förkommit.

Vi blev varnade för den utbredda kriminaliteten, och uppmanades att vara försiktiga. Våra sagesmän sa att de kriminella gärna använde ungdomar som gärningsmän, eftersom ungdomarna fick mycket lindriga straff, och det är ju ungefär som vi fått det i Sverige nu. Vi hade en gång ett kvällsmöte i en lokal som inte låg så långt hemifrån, så när det var slut tänkte jag gå hem. Men rätt som det var så var jag faktiskt i ett öde, ganska slummigt område, precis där jag inte borde ha befunnit mig. Jag hade dollarsedlar och pundsedlar i skorna, och en dyr kamera om halsen. Jag såg mig noga omkring och skyndade på stegen, men inget obehagligt hände.

Det fanns inte kreditkort på den tiden, utan man hade resecheckar, och utöver det sedlar i stora valutor, som man på plats kunde växla in i brasilianska cruzeiros. En gång blev jag tvungen ett göra en sådan svartväxling, dvs med en privat växlare, inte på en bank. Han tog mina sedlar och försvann ett tag. Jag blev helt förskräckt och trodde att jag var lurad och att jag aldrig skulle få mina pengar, men jag hade ingen annan möjlighet än att stanna kvar och vänta. Till slut kom personen tillbaka, ursäktade sig att det tagit sådan tid, och jag fick faktiskt de pengar jag skulle ha.

Jag reste runt en del och såg mycket av Rio. En dag hyrde jag en taxi för nästan hela dagen och åkte bland annat upp till den berömda Jesusstatyn, och väl högt däruppe var det en fantastisk utsikt över Rio.

En dag blåste det friskt vid vår lilla folktomma hotellstrand. Väldiga vågor rullande in mot stranden, och i dessa vågor befann jag mig simmande. Men den dagen visade det sig omöjligt att komma tillbaka in till stranden. När en inkommande våg hade tömt ut sin kraft, så blev det ett kraftigt sug utåt när vattnet strömmade tillbaka. Jag lyckades inte simmande passera den punkten där vattenströmmen bytte riktning, och jag nådde inte botten med fötterna. Vattenströmmen förde mig ideligen utåt igen. Detta upprepades gång på gång. Stranden var öde förutom mig och min kompis från Lund. Inga badvakter satt på de upphöjda stolarna, inga röda flaggor vajade från flaggstängerna. Jag blev faktiskt aldrig riktigt rädd eftersom kompisen stod där. Han kunde nog ha sprungit i väg och hämtat ett rep, som han kunde kasta ut till mig. Vattnet var varmt och skönt, så jag kände att jag kunde stanna i havet ett bra tag. Men nu räknade jag ut hur jag skulle bära mig åt. När nästa våg forsade inåt simmade jag med så fort jag kunde, jag crawlade. Nu visste jag hur långt in jag kunde ta mig. Precis innan vattenströmmen vände, dök jag ned till botten. Jag grävde in både fingrar och tår i den fina sanden och höll mig kvar där. Jag tryckte mig mot bottnen och kände hur den utåtgående strömmen forsade över min rygg. Det sa swish och swosh, jag böjde ner huvudet för att vattnet skulle ha mindre att ta tag i. Så kom ögonblicket av lugn. Jag kunde resa mig upp, och nu bottnade jag plötsligt. Så var det bara att promenera rakt upp på stranden. Räddad!

54

Bilden nedan visar hur jag tog mig fram genom vågorna på ett ganska vågat vis.

Detta är en gammal bild, vilket syns. Det är en kopia av en diabild. Den togs en dag då det var relativt lugnt, ändå fanns dessa rätt kraftiga bränningar. Den dagen då det blåste för mycket för att jag lätt skulle kunna ta mig upp på stranden, var bränningarna ännu större.

Militära malörer

Jag kommer att skriva nedsättande om flera personer, men de får vara anonyma, och händelser som skildras ligger så långt tillbaka i tiden att många av dessa personer kan vara döda och begravda för länge sedan. Jag tycker det är befogat att nu ta bladet från munnen.

Konstigt nog så funderar jag på min värnplikt, nu när det har gått omkring 60 år. Jag minns att företrädare för det militära har sagt att de står för den största utbildningen i Sverige. Det kan nog vara sant, och så mycket viktigare då är det att ungdomarna får en utbildning av kvalitet. De borde efteråt vara välmotiverade att göra sin insats för Sverige.

Alternativet är ju att ha legosoldater, men det tror jag inte på. Jag känner bara till en legosoldat, och han blev polismördare i Malexander.

Incitament att berätta är vad som hänt på Ledningsregementet i Enköping i december 2021. Det hade förekommit trakasserier av värnpliktiga av olika slag, och en hel årskull blev hemskickad. Detta stämde med sådana trakasserier, som jag hade blivit utsatt för, och därför vill jag nu berätta.

Efter att jag gått igenom min värnplikt kom jag att avsky allt militärt av hela mitt hjärta, så man kan säga att något gick fruktansvärt snett. De "instruktörer" som jag först träffade har misskött sitt uppdrag, och genom oförstånd uppfostrat mig till antimilitarist.

- Jaså, var det för hårda bud för en bortskämd slyngel? kanske någon frågar.

Nej, jag välkomnade att få prova mina krafter med långa marscher med vapen och packning, cykelförflyttningar, och gå vakt nattetid vid en bivack.

56

- Aha, men det är väl inte bra nog att få stå i givakt, gå i takt och lyda order?

Allt det där har jag sett på bio många gånger i både svenska och utländska filmer. Det hör ju till pjäsen, likaså att man ska skrika "ja löjtnant", och "ja kapten" med lungornas fulla kraft trots att befälspersonen står alldeles framför en. Det kan jag ta, även om man kan tycka att det är lite löjligt. Dessutom tycker jag att en person som fordrar något sådant för att få känna sig lite märkvärdig är en ren pajas. Det är ju en tradition, och så vitt jag förstår, så är det likadant i alla militärorganisationer världen över. Så är det väldigt mycket träning på att hälsa med honnör, och man får kanske hälsa på en flaggstång för övnings skull. När man ser en trupp militärer som ska marschera inför publik, har de ofta en helt befängd gångstil och sparkar med benen och slänger med armarna på ett helt onaturligt sätt, som i min mening bara ser löjligt ut.

- Du var väl inte vapenvägrare?

- Nej, att lära sig skjuta med kpist var väl helt OK. Det var vårt huvudvapen eftersom jag hörde till en pluton signalister, och vi ansågs inte behöva lära oss något annat vapen. Vi fick lära oss vapenvård också, och montera ihop vapnet med förbundna ögon. Det var lätt. Kpisten är nästan genialt konstruerad med få delar. Jag kommer ihåg en gång när vi var ute på en övning med skarpladdade vapen. Jag sprang i skogen och snavade på en gren. Jag föll raklång framåt, och råkade avlossa en serie skott rakt upp i luften. Det kunde ha gått illa. Befälet för övningen skällde på mig och slog mig upprepade gånger på hjälmen med något. Detta var dock inget som jag höll emot honom. Han blev väl livrädd själv.

- Men vad hade du då att klaga över?

- Jag hade ingen aning om att man skulle tvingas att låta sig toppridas av ett gäng fullkomliga idioter under hela ens arbetsdag. Nu menar jag verkligen idioter, och det står jag för. Det hade ingen varnat oss för. Idioterna var furirer, överfurirer och en fanjunkare. De hade inget med exercisen eller vapenutbildningen att göra. Det de skulle "lära" oss var mest att borsta skor och bädda sängar, och att inte gå vilse på logementet. Detta ägnades de första två månaderna åt, fastän två dagar skulle ha varit mer än nog. Fanjunkaren, en småfet och plufsig person med ett tyskklingande namn, som tog emot oss, skulle bland annat visa var vi skulle lägga vår smutstvätt. Han var rätt lik "majoren" i serietidningen 91:an. Han gjorde ett stort nummer av att med tydligt förakt prata om våra "skeetiga kalsonger", som om vi vore riktiga snuskhumrar, och detta var första dagen. Det njöt han av. Han anslog tonen för hur vi skulle komma att bemötas. Ett annat av hans yttranden blev ihågkommet, citerat, och skrattat åt länge: "Låt ballan dingla fritt, ty det är skönt för honommmmmm". Många "m" betecknar ett utdraget njutningsfullt ljud som i reklam för chokladen Marabou. I den stilen försiggick hela s.k. "utbildningen". Ren parodi på utbildning.

När vi ryckte ut skulle vi ta i hand och tacka för oss och säga adjö. Väldigt många vägrade skaka fanjunkarens hand. Tyvärr skakade jag hans hand bara för att jag tyckte synd om honom. Det ångrar jag nu. Furirer och en överfurir var likadana, de drog ner alla yttrande till en så snuskig nivå som möjligt och späckade sitt tal med könsord och svordomar. Sådana små korkade äckel tilläts att topprida oss ambitiösa och intelligenta studenter.

Jag minns väl hur överfurir Karlsson en dag kom in på logementet, harklade sig för att väcka vår uppmärksamhet, och sedan stod han där och såg ner på sina nyputsade kängor, medan hans pekfinger pendlade från den ena skon till den andra. De glänste mycket fint, men hans ansikte sken ännu mera av belåtenhet och stolthet. Han upplevde en stor triumf denna dag. Det stackars patetiska kräket ansåg tydligen att ett par välputsade skor skulle vara en höjdpunkt i hans karriär. Då gör man nog inte mycket till nytta! Det är för mig lite oklart hur skoputsning kan vara så militärt viktigt. Möjligen om fienden anfaller med solen i ryggen, och de därvid blir bländade av reflexer i de mötande soldaternas välputsade skor?

Men det är väl orättvist att kalla dem för idioter? De sköter ju ändå ett heltidsjobb och försörjer sig själva. Ja, kanske är jag lite orättvis, men om jag skulle kalla dem halvidioter så känner jag att med detta skulle jag smickra dem alldeles för grovt. Deras jobb var ju i stort sett inget annat än att trakassera oss med sitt skitprat hela dagarna. De våldtog våra öron. Det var inte de, som anförtroddes att exercera med oss, och de anförtroddes naturligtvis inte någon vapenutbildning. En skoborste var det farligaste, som de fick hantera. Tack och lov för det! Det skulle kunna gå mycket illa annars. Det var helt horribelt att dessa korkade äckel skulle få husera på en studentpluton, där många var högpresterande och intelligenta studenter. Kanske var de avundsjuka på oss som faktiskt kunde något? De ville trycka ner oss så mycket som möjligt för att själva känna sig lite kaxigare. Det var väl en tröst för individer, som förmodligen alltid hittills varit kroniska förlorare.

Det blev mycket bättre när vi fick börja vår fackutbildning som telegrafister. Långa dagar i skolsalen var vi vana vid, och när vi kunde telegrafera, fick vi cykla långt ut i terrängen med radioutrustningen på ryggen, sätta upp vår telegrafstation och få vara ifred. Det var tre man i en mobil telegrafstation. En man skötte telegrafnyckeln, och en annan satt på trampgeneratorn, som försörjde oss med ström. Den tredje var avlösare. Han kunde sköta om vårt läger, göra en brasa och plocka fram våra gömda burköl. Bara detta att få vara ifred för yrkesmilitärerna var helt underbart. Vi navigerade avsiktligt lite fel och satte upp vår telegrafstation någonstans där vi visste att vi inte skulle bli hittade. Vi kunde ändå sköta vårt jobb utan problem. Andra kompisar skötte radiotrafiken. En av dessa var en riktig skämtare. Han avslutade inte sina muntliga meddelanden med "klart, slut" som väntat, utan han sa i stället "slak kuk". Ingen kom någonsin på honom med detta. Jag tog silvermedalj i telegrafi, och det ansågs mycket bra för att vara på en signalpluton i infanteriet. Guld lyckades bara de erövra, som gick en sex månader längre utbildning på signaltrupperna i Uppsala. Men jag var snubblande nära en guldmedalj. Men, som sagt, jag snubblade med fingrarna på telegrafnyckeln. En löjtnant, som var vår lärare i telegrafi, bar sig inte åt som en högfärdig militär, utan han var en sympatisk och normal lärartyp. Han var den ende i hela det militära systemet, som någonsin bar sig trevligt åt, av alla dem som jag träffade under min grundutbildning. Det kom många riktiga meddelande till vår telegrafstation, inte bara sådant som var på låtsas. Vi rekryter kunde ibland få passa telegrafen, och om det då kom ett meddelande till oss, var det vår plikt att skicka i väg signalen "didadididitt" där "da" är en lång ton och de andra korta. Signalen betyder "vänta", och det innebar att den som telegraferat till oss fick vänta tills vår löjtnant själv kunde ta över. Vi lärde oss faktiskt mycket bra att ta emot telegrafisignaler. Allt var på kod, med grupper av bokstäver som inte betydde något alls i klartext. Vi lyssnade, och högra handen skrev helt automatiskt ut bokstäverna på telegrafiblocket. Ville man ge akt på vad man skrev, så satt man och läste vad handen skrev ut. Det var som om texten gick rakt in i handen utan att passera hjärnan. Det var verkligen anmärkningsvärt.

Långt efteråt har jag kommit att tänka på att telegrafimärket faktiskt var ett betyg på bra rytmkänsla. Jag har lekt med tanken att ta på mig telegrafimärket när jag är ute på en spelning, men jag har faktiskt aldrig gjort det.

En del utbildningsmoment bestod av studiebesök. Jag minns att hela plutonen en gång kommenderades långt ut i skogen för att se på ett fältlasarett, som skulle vara något i särklass. Lasarettet var förstås inhyst i stora tält. Där fanns påstått välutrustade operationssalar och till och med möjligheter att utföra röntgen. Det fanns personal tillgänglig, som påstods vara medicinskt kvalificerade. Så bar det sig inte bättre än att en "raptege" (så uttalas förkortningen RAPTG, som står för "radiopersonterrängbil, en typisk militär förkortning) körde i diket och några värnpliktiga stukade foten eller fick någon annan lätt skada. Det blev biltransport ögonblickligen till Regionssjukhuset i Linköping. Dessa lätt skadade kunde tydligen inte behandlas på det utmärkta fältlasarettet, förmodligen var detta "på låtsas" som allting annat.

Vi hade en del förflyttningar med hjälp av cykel. Vad skönt det var att komma ut och få frisk luft och komma ifrån snuskhumrarna hemma på regementet. De var kvar där, och ansågs nog inte lämpade att följa med ut i verkligheten, om de ens kunde cykla. Vi i infanteriet hade inte så gott om fordon som ett trängregemente, vi fick cykla vart vi än skulle. Det var gamla, slitna, grågröna standardcyklar utan växel. De var rätt trögcyklade, men det visade sig att jag var en av de bästa cyklisterna i plutonen, och jag kunde cykla om de flesta bara jag ville. Jag låg på min plats i kolonnen. Ofta låg jag lite framåtlutad med armbågarna på styret. Det såg retsamt nonchalant ut, och så minskade det nog luftmotståndet. En gång cyklade jag fram till löjtnanten, som flämtade av ansträngning och hade hög ansiktsfärg. Jag sa att jag var trött på att ligga och mala i detta slöa tempo och frågade vart vi skulle, och sa att jag gärna cyklade i förväg och inväntade truppen på plats. Han blev arg och befallde mig att falla tillbaka till min plats. Det gjorde jag förstås, och skrattade för mig själv.

En gång när det var vinter övernattade vi i ett gammalt underjordiskt skyddsrum, som inte varit uppeldat på länge. Det var bistert kallt. Vi högg granris att ligga på, men under natten rullade jag av mitt ris och låg med mina blöta kläder direkt på det kalla cementgolvet. Så frusen, som jag var då, har jag nog aldrig någonsin varit förr. Jag fick riktig köldfrossa. En annan kall och snöig natt stod jag och en kamrat på vakt. Vi frös och mådde illa tills vi kom på att aktivera oss. Vi letade fram brännbara kvistar och röjde upp till en liten eldplats, och snart hade vi en liten, men trevlig brasa. Vi lyckades värma vatten och göra kaffe med hjälp av néscafe. Vi mådde genast mycket bättre.

Jag blev sedan läkare, och därför måste jag gå läkarfackskolan, som repetitionsutbildning. Det var med knuten näve i fickan, som jag inställde mig, fast besluten att denna gång inte låta någon hunsa med mig. Men ingen försökte ens! Vi gick från ett övningsmoment till ett annat som ett gäng civilister. Det var helt ok, men min misstänksamhet mot det militära var kvar. Om någon skulle försöka sätta sig på mig tänkte jag säga ifrån bestämt och beslutsamt. Jag var fast besluten att, som det så vackert heter, "inte ta nån skit". Vi hade skrivningar som omfattade både ren krigsmedicin och militär organisation. Ditkallade läkare stod för det medicinska. Mitt mål var då alltid att svara 100 % rätt på alla medicinska frågor och 100% fel på allt som hade med militär organisation att göra. Barnsligt förstås, men jag hade ju fått en barnsligt skamlig uppfostran på regementet, och detta var mitt lika barnsliga svar. Min vardag påverkades dessutom inte det minsta av hur jag svarade.

Vid två fällen fick jag en rejäl konflikt med mitt befäl. Jag var värnpliktig läkare och bedömde de värnpliktiga, som ville sjukanmäla sig för att kanske slippa en besvärlig marsch eller liknande. Nu är det så, att om man har en tillräckligt svår infektion i kroppen och utsätter sig för alltför hård ansträngning kan man bland annat få en hjärtmuskelinflammation, som i värsta fall kan var livsfarlig. Jag sjukskrev i sådana fall. Hellre för många än en enda för lite, en person som skulle kunna få en allvarlig skada. Det hade att göra med mitt medicinska samvete.

Kaptenen gillade inte att jag sjukskrev fler än han skulle önska. Han kom och försökte beordra mig att minska på det. Det var härligt! Äntligen kunde jag visa min makt. Jag kunde med emfas påpeka för honom att han inte hade någon medicinsk utbildning, och att han bara hade att rätta sig efter mina bedömningar, såvida han inte ville hemförlova mig, vilket jag inte skulle ha något emot. I övrigt skulle han bara hålla mun, och göra en 180 graders sväng och försvinna härifrån. Han kunde sköta sitt, så skötte jag mitt utan hans inblandning. Hans militära grad gav honom ingen som helst medicinsk auktoritet, det skulle han ha helt klart för sig. Han fick lomma sin väg, och förhoppningsvis var han lite snopen på hur han blivit avspisad.

Under tiden på denna militära läkarstation blev jag uppvaktad av två damer, som arbetade på kansliet. De var rätt fylliga, och till slut framgick det att de bara försökte smickra in sig för att kunna be mig skriva ut bantningspiller åt dem. Det var centralstimulerande medel på den tiden, rena knarket. Jag vägrade skriva ut sådant, och därmed var det slut med uppvaktningen.

En annan gång var jag satt att göra psykiska bedömningar av dem som mönstrades, inte en särskilt lämplig uppgift för en kirurg. Jag tänkte att de nog satte psykiatriker som akutläkare i stridslinjen, om de envist ville upprätthålla principen med fel person på fel plats.

62

En dag skolkade jag helt enkelt, eftersom jag hade ett sjukt barn hemma. Jag blev naturligtvis påkommen och utskälld av löjtnanten dagen efter när jag var på plats igen. Jag försvarade mig med att min fru hade ett viktigt jobb som lärare, och att det därför blev jag, som stannade hemma, eftersom jag inte hade något lika viktigt att göra. Det mesta i det militära var ju rena tramset. Dessutom var det logiskt att den som var läkare såg till barnen. Då blev han ännu argare och tappade huvudet helt. Stanna hemma med sjukt barn var ett civilt ansvar, det gick absolut inte an i det militära! Han tappade sans och vett, svor och hotade mig med krigsrätt. Det var ju rätt kul, för då kunde jag skriva honom på näsan att något sådant inte fanns i fredstid, hade han inte koll på att vi haft fred sedan 1814? Vad var det för kaos i hans hjärna? Jag kunde skratta honom rakt upp i ansiktet. Han kunde faktiskt inte göra något. Jag fick inget straff alls. Dessa knasiga befäl respekterade jag inte ett dugg mer än de små stollar jag mött i grundutbildningen.

Militärer var yrkesmän, men deras yrkesverksamhet gick ut på att låtsas hela dagarna. De låtsades att det var krig, att de skulle anfalla fiender etc. På den här tiden var det inte vanligt att militärer skickas på utlandstjänstgöring och fick se lite verklighet. Tänk om jag, som läkare, bara hade gått omkring och lekt att jag behandlade sjuka. Jag skulle i så fall inte ha känt någon stolthet. Trots militärernas låtsasverksamhet var de ganska styva i korken. De tyckte nog att de var riktiga karlakarlar, i stället för de fjantar som jag alltid uppfattade dem som. Ett sätt att visa sin märkvärdighet var att trycka ner nyinryckta så mycket de kunde. Det här påverkade mig så mycket, att om jag hörde om någon civil person att han också var reservofficer, så sjönk han genast i min aktning. Att jag ringaktade alla militärer var självklart.

Naturligtvis hade jag en skev uppfattning om militärer, men den var helt grundad på det skamliga bemötande jag fick i början av min militära karriär. Det hade i stället varit klokt att visa de värnpliktiga normal aktning, så skulle den militära organisationen troligen fått lojala och intresserade värnpliktiga. En av mina skolkamrater hade en mycket mer positiv uppfattning om det militära, men så hade han också blivit bra och kamratligt bemött av befälen.

En bit in på 2000 talet sitter jag vid min dator där vi nu har journaler, röntgenutlåtanden och en massa andra nyttigheter. På något forum som jag inte nu kan namnge finner jag protester från kvinnliga försvarsanställda, de reagerar på en bild av ett heraldiskt lejon, som är symbol för Nordic Battle Group, och det är väl en självklarhet att de ska ha ett namn på engelska eller hur? De kvinnliga anställda vill inte låta sig representeras av ett lejon som står på två ben, och där man kan skönja något, som ser ut som en penis. De vill kastrera lejonet, som är en symbol för försvaret. Jaha, hur går det med symbolvärdet då? Ett kastrerat lejon kanske inte inger samma respekt, men man kan nog antyda att försvaret är till en viss del kastrerat det också. Jag kan inte låta bli att skriva en kommentar till deras förslag och skicka in till internet-siten i fråga. Jag föreslår att hela lejonet utgår och ersätts med en ko som står på bakbenen. Spenarna kan peka i fyra väderstreck och symbolisera våra internationella åtaganden. En ko tror jag bättre illustrerar vår militära grad av farlighet än ett lejon. Det låter egendomligt, men lejonet "rättas till" och får sina genitalier borttagna. Kvinnorna vann, men många andra är arga.

Åren har gått igen, och faktiskt har mitt förakt för allt militärt avtagit något. Jag inser att vi behöver ett försvar, och att det kräver värnpliktiga, men dumheterna som jag mötte i början av värnplikten förstörde så mycket att det är helt otroligt att ingen militärt ansvarig har kunnat fatta det. Så blir det den 14/12 2021, och DN rapporterar med fetstil:

Värnpliktiga utsatta för allvarliga kränkningar – 500 skickas hem från förband.

Det rör sig om "Ledningsregementet" i Enköping. Där grasserar bestraffningar, vulgärt språk, och påtvingade aktiviteter trots sjukdom eller skador. Om detta råder tystnadskultur så att problemen döljs. Ymnigt förekommer "olämplig jargong och ett sexistigt språkbruk".

64

Ja äntligen, tänker jag. Någon har kommit på hur det går till. Den olämpliga jargongen sköljde dagligen och stundligen över oss rekryter. Vi vantrivdes naturligtvis, men ingen hade tydligen räknat med att det skulle ingjuta förakt för allt militärt i oss unga rekryter. Det var "allvarliga kränkningar" satta i system. Ingen militär person över fanrunkares... förlåt, fanjunkare heter det visst. Ingen ovanför den graden brydde sig det minsta om vad dessa småhitlers hade för sig. Vi värnpliktiga förstod att det inte var mödan värt att försöka beklaga sig. Kanske det äntligen har blivit dags för lite räfst och rättarting.

Mina tankar går också till värnpliktiga, som enligt rapporten tvingats med på olika aktiviteter trots sjukdom eller skador. Jag misstänker att deras likaså värnpliktiga läkare hade fått stränga order av ett befäl att sjukskriva så få som möjligt. Det var ju också något som jag själv hade upplevt, fast jag sagt ifrån på skarpen. Det som DN rapporterar är nog gamla traditioner ända från 60-talet, som tack vare tystnadskulturen överlevt ända tills idag. Det stämmer på pricken med mina upplevelser. Nu kan man kanske hoppas på att all gammal skit äntligen kan sopas bort. Kanske kan jag dessutom bli trodd när jag berättar om mina upplevelser.

När det gått en tid visade det sig att problemen på regementet var ännu värre än vad som först framkommit. Det talades också om sexuella trakasserier mot värnpliktiga. Åtminstone det slapp jag uppleva. Det räckte gott med den allmänna stupiditeten. På den tiden kunde AI bara tolkas som Allmän Idioti. Om någon hade försökt ta på mig på olämpligt sätt hade svaret blivit en rejäl smäll på nosen.

När vi är framme vid 2022, och tidiga 2023, överfaller Ryssland Ukraina, men det senare landet försvarar sig mycket bättre än väntat, och får stort materiellt stöd från västliga länder.

Pga tidens oro ansöker Sverige medlemskap i Nato. De flesta länder är positiva till det, men Ungern och Turkiet strävar emot. Turkiet försöker utnyttja situationen maximalt till sin fördel, och kräver av Sverige att vi ska utvisa många personer som flytt från Turkiet. Nye statsministern Kristerson besöker odågan Erdogan i Turkiet. På film ser man dem promenera tillsammans. Bakom dem går en soldat och sparkar med benen på ett skrattretande löjligt sätt. Soldater som marscherar inför publik brukar göra det. Jag tänker osökt på den engelske komikern John Cleese och hans komiska illustrationer av "Silly walks", Det är verkligen mycket roligt, och gångarterna är komiskt löjliga. Men priset i löjlighet tar ändå alltid militärer som försöker göra sig till när de visar upp sig, och som vanligt spelar märkvärdiga.

I maj 2024 rapporteras om en chef på Älvsborgs amfibieregemente som har gjorts sig skyldig till kränkande särbehandling, olämplig jargong med sexuella inslag. Han har lett sina mannar med härskarteknik, och tillämpat en bestraffningskultur, om nu uttrycket "kultur" över huvud taget passar i sammanhanget. Jo, allt detta verkar välbekant för mig, men nu går det kanske inte längre. Han blev avsatt som chef och fick löneavdrag.

Allt jag var med om, som liknade sådant som nu rapporteras som olämpligt, fick försiggå helt ostraffat.

66

Mina värsta professionella motgångar

År 1991 blev jag uthängd i pressen för att jag påstods ha dåliga resultat av min kirurgiska verksamhet. Jag förstod ingenting, i mitt tycke hade det mesta gått bra. Allt är beskrivet i min biografi, så nu blir det i korthet, eftersom jag har ett par nya synpunkter, och nya fakta.

Det är som en häxbrygd. En lurighet i Göteborg, men ytterst obehaglig. En överläkare på narkossidan leker med sin nya McIntosh-dator. Han konstruerar staplar över mortalitet och skriver kirurgers initialer under varje stapel. Siffrorna är inte korrekta visar det sig senare. Stapeldiagrammet läcker ut till GP, säkert med avsikt. Journalisten på GP, som tar emot diagrammet, ringer och skrämmer upp sjukhuschefen med att siffrorna ska publiceras nästa dag. Sjukhuschefen, Rooseniit, till yrket advokat, låter inte de utpekade komma till tals, utan häver ur sig att de ska stängas av. Områdeschefen kallar till möte och talar om vilka personerna är som nämns i tidningen. Klinikchefen är inte med på mötet, han skäms nog, dels för att han har en dålig siffra för mortalitet, men kanske mest för att han sagt till områdeschefen att jag skulle pekas ut i stället för honom. Områdeschefen, som gick med på det, var alltså lika ryggradslös som klinikchefen. Fler detaljer följer.

Jag fångades i en härva av rena lögner. Den värsta var att jag skulle ha dåliga resultat, och den näst värsta var att jag skulle vara avstängd. När så småningom alla papper kom på bordet, visade det sig att det fanns två staplar som illustrerade mortalitetssiffror på 16% och 12 %, och det kan man utan tvekan tycka att det är för högt. Den högsta stapeln var en av mina kirurgkollegors, och den på 12 % tillhörde min chef, Göran William-Olsson. Nu hade han manipulerat för att jag skulle bli "avstängd", och han själv slippa av kroken. Min mortalitet, omkring 4 %, låg i paritet med klinikens stora kirurgstjärnors siffror, och alltså inget att anmärka på, eftersom jag nu hade fått en överordnad tjänst, och därmed var satt att operera patienter med förhöjd, eller ibland starkt förhöjd, risk. Det fanns en rad kirurger med mortalitetssiffran 0. Trodde någon att det var de som var bäst? Nej, det var ju nybörjarna som börjar träna på de lätta fallen, där ingen mortalitet ska förekomma. Man kan undra hur det låg till med tankeförmågan hos en skribent i GP, som hela tiden spred lögnen att jag skulle ha dåliga resultat? Såg han inte statistiken? Lyssnade han bara på skvaller? Han nämnde inte mitt namn, men alla på kliniken visste ändå vem som avsågs. Jag vill däremot nämna namnet på den journalist som alltid åsidosatte alla etiska regler för journalister: Christer Lövkvist. Han fick svar på tal av barnkirurgen Henrik Hedlund, som i repliker i GP påtalade det ovärdiga i skildringen av en pågående maktkamp på Sahlgrenska mellan sjukhusdirektören och vissa klinikchefer, och den journalistiska naivitet som lockat Lövkvist att vidarebefordra rykten, skvaller och förtal som hör till storsjukhusets vardag. Det var ju bra av GP att ge plats åt sådana kritiska kommentarer, men tidningens egen reporter, som kunde såga allt vad Hedlund sagt, fick ju alltid sista ordet per automatik. Reportern häcklade Hedlund för att han inte förstod sig på journalistik. Att reportern nog inte förstod sig på kirurgi nämndes däremot aldrig.

Områdeschefen kom till oss på ett möte för att förklara vad som stod i tidningen, att två kirurger kunde avstängas, och att jag var en av dem. Ett kirurgiskt "område" består av några kliniker, som förts samman under en gemensam ledning på nivån ovanför klinikchefen. Hade områdeschefen inte heller sett staplarna själv? Stod han bara där och svamlade pga ett rykte han hört? Klinikchefen var som sagt var inte med på det möte jag syftar på. Han hade väl inte kurage till det, och dessutom hade han inte rent mjöl i påsen. Jag kunde aldrig tro att han var ett sådant fegt kräk, men det var han tydligen. Det är ju som om någon begår ett brott och sedan placerar ut falska bevis för att fälla en oskyldig person. Områdeschefen vill jag inte nämna vid namn, och han fick sitt straff i ett senare skede. Efter osämja med sjukhuschefen fick han sparken.

Den journalist som hade fått nys om att två kirurger påstods ha dåliga resultat, bara vidarebefordrade det skvaller, som hade ringts in till honom utan någon som helst kontroll av fakta. Någon på tidningen ringde sedan till sjukhuschefen, Rein Rooseniit, och förvarnade om en artikel som skulle komma i helgen. Då ska dessa kirurger stängas av, påstod Rooseniit, och då fick ju tidningen ytterligare en godbit att ståta med. GP lyckades skrämma upp sjukhuschefen och få honom att komma med illa underbyggda uppgifter. GP manipulerade verkligheten som det passade tidningen.

På lördagen den 15/6, slog GP till med stora rubriker: **Hjärtkirurger kan avstängas**, och **Hjärtkirurger får hård kritik**. Under sommaren duggade rubriker om de odugliga kirurgerna tätt: **Hjärtkirurgerna synas i detalj, 16/6. Fortsatt strid om hjärtkirurgerna** 29/6. Men efter ett tag kommer erkännandet att allt varit skitsnack**: Kirurger får upprättelse, På väg mot upprättelse 12/9. Hjärtkirurger tillbaka i tjänst, ”Vi har fullt förtroende ” Rooseniit. Hjärtkirurger friades 26/10.** Det är ju en tydlig bekännelse från GP att man hela sommaren varit ute i ogjort väder och bara spridit skitsnack och obekräftat skvaller. Men fick de felaktigt utpekade kirurgerna någon ursäkt? Självklart inte! Så fungerar det inte på GP.

Orsaken till att jag skriver dessa anteckningar nu efter 30 år är att jag kommit på att det var ytterligare en jättelögn. I den allra första, stort uppslagna artikeln i GP stod det att två kirurger kunde avstängas, men i alla följande artiklar talades det om de avstängda kirurgerna, som om det var klappat och klart. Det fanns faktiskt inga avstängda kirurger, fast vi alla trodde det, och alla som läste tidningen lurades att tro det. Jag trodde själv på det, och rättade mig därefter. Men om någon kirurg ska vara avstängd, måste någon överordnad ha överlämnat ett avstängningsbeslut, muntligt eller skriftligt. Det hade faktiskt ingen gjort. Chefen höll sig undan, områdeschefen bara talade om för mig att jag var en av dem som omnämndes i tidningen, och sjukhuschefen bara ståtade med stora bilder i GP. Inget formellt beslut presenterades. Det är verkligen inte GP som har befogenhet att stänga av kirurger, fast de ville göra sken av det. Däri fanns det faktiskt ytterligare en stor lögn som spreds i all press i Sverige. Efter 30 år har jag inte kommit över den skada som tillfogades mig. Sår läker nämligen dåligt om de får i sig allt för mycket skit.

Den journalist som spred skitsnacket i tidningen var rätt känd för att gärna prata illa om sjukvården. Hur konstigt det än kan låta, så har jag efter 30 år, genom en gemensam bekant, som en gång var vd på tidningskoncernen Stampen, fått en indirekt kontakt med honom. Jag fick ett klart intryck av att han alltid varit ute efter att framhålla alla sjukvårdens problem, "avslöja" som han själv beskriver det. Det verkar dock som om han bara glatt och villigt plockar upp allt förtal han kan få tag på. Han har själv i ett mail berättat för mig att han är en sån som sjukvårdspersonal ringer till när de vill framföra något skvaller, fast han kallade det inte skvaller förstås. Hade han kontrollerat den ynka dokumentation som fanns för att motivera de två kirurgernas s.k. "avstängningar", så hade han sett att jag inte borde vara bland de "avstängda". Han hade kanske kunnat räkna ut att min chef pekade ut mig för att själv slippa schavottera för sina mycket sämre mortalitetssiffror. Att offra en yngre kollega för att själv framstå som oklanderlig, det är verkligen lumpet. Hade reportern kunnat avslöja detta hade det sannerligen blivit ett stort "scoop". Det hade säkert blivit en skandal, och då hade reportern i fråga nog blivit lycklig. Men så slipad var han inte. Någon undersökande journalist var han sannerligen heller inte. Han fungerade mer som en "gödselspridare". Han kunde uppenbarligen inte undersöka något alls. Klinikchefen hade kanske tvingats avgå och ta med sig sjukhuschefen Rein Rooseniit i fallet, eftersom åtminstone en av de utpekade kirurgerna var oskyldig. Sjukhuschefen var den som internt förmåddes utpeka mig i stället för min närmaste chef. Det medgav han faktiskt för mig i efterhand. Jag hade många uppriktiga samtal med honom, och då kunde jag faktiskt tala om precis vad jag tyckte om honom och andra chefer som medverkat som källor till GP. Han hade faktiskt inget försvar att komma med.

Den som kanske blev mest lidande av denna tråkiga historia var nog klinikchefen William-Olsson själv. Han blev osams med hela kliniken och dessutom med sjukhusledningen. Det framkom dessutom snart att han hade en malign blodsjukdom med infiltrat i hjärnan. Man kan kanske tycka att det kunde förklara en del. Han gick bort inte långt senare.

Jag har tyvärr tappat bort min kopia av diagrammet med de två höga mortalitetsstaplarna. Därför ringer jag en person på Sahlgrenska, som är ansvarig för arkivering av handlingarna, och förklarar för henne vad jag är ute efter. Hon ringer ett par dagar senare och säger att papperna inte finns kvar, utan de har överförts till Regionarkivet. En arkivarie där hittar stadsrevisionens rapport med titeln: *Granskning av läkarresursen vid thoraxdivisionen, Sahlgrenska sjukhuset,* och sänder en kopia till mig. Det är 14 sidor text. Man har granskat thoraxkirurgins verksamhet ur flera olika aspekter, och jämfört med motsvarande på Akademiska sjukhuset i Uppsala. Fördelningen av hjärtoperationer, som kranskärlsoperationer, klaffoperationer och kombination av klaff och kranskärl jämfördes med motsvarande i Uppsala, och utfallet var likartat, men uppsalakliniken hade en något större operationsvolym. Mortaliteten totalt var 4,5 % i Uppsala och 3,1 i Göteborg. En uppställning av mortalitet per kirurg fanns också med, men kirurgerna var avidentifierade. I denna kurva kunde man notera att de två höga staplarna på 12% respektive 16%, som förekommit i den sammanställning som jag hade fått se på kliniken, saknades. Den allra högsta stapeln var på 8 %, och tre andra staplar hade siffror mellan 6 och 7,5. Det ursprungliga diagrammet hade konstruerats av en enskild narkosläkare och väckt en hel del rabalder. Det var tydligen ett stort fel i hans diagram, eftersom stadsrevisionens granskning får anses mera vederhäftig. Stadsrevisorerna fann ingen anledning att kritisera någon kirurg, och det fann inte heller två andra professionella utredare, nämligen Jan Kugelberg klinikchef på thoraxkliniken i Lund, och Hans Erik Hansson, motsvarande chef i Uppsala. Vi två kirurger, som hade beskyllts för oskicklighet, togs till nåder igen, eftersom fakta visade att det inte fanns alls någon fog för kritik. Sjukhuschefen Rooseniit uttalade sig som sagt i GP att han nu hade förtroende för alla kirurger. Ingen ursäkt för felaktigt utpekande nämndes. Tidningen GP hade faktiskt på eget initiativ gjort ett felaktigt utpekande av oskyldiga kirurger och gjort ett stort nummer av det. Den som var chefredaktör på tidningen, Jigenius, blev konstigt nog pressombudsman, PO, när jag hade börjat rota i vad som skett. Det var därför ingen bra idé att anmäla något till PO. Varken sjukhuschef, områdeschef eller klinikchef var anständiga nog att be de utpekade om ursäkt. Sådant förnuft hade jag heller inte förväntat av instanser som betett sig helt idiotiskt.

När jag avgick med pension vid 67 års ålder bad jag om ett samtal med sjukhusets personalchef. Jag relaterade händelseförloppet som jag beskrivit, och frågade om det får gå till så. Svaret jag fick var: *absolut inte*. Nej, varje sansad person tycker nog att mina tre chefer betett sig helt oanständigt.

En annan tidningsanka som kunde varit skrattretande, om fallet inte var så tragiskt, var när en gnista efter en elektrisk defibrillering tände eterångor över patienten så att en brandvarnare triggades. Det har jag beskrivit i en text kallad "Patientbranden på Sahlgrenska". Detta beskrivs i en tidigare bok "Läkarväskans hemligheter".

En annan svår motgång var att jag oskyldigt tilldelades en varning av ansvarsnämnden för att en av mina patienter dog efter min operation och hade bröstkorgen full med blod. Man ansåg att jag hade försummat honom, och att jag borde opererat om honom innan det var för sent. Man gjorde gällande att han dött av en blödning, och att jag vägrat att reoperera för samma blödning. På intensiven basade två kvinnliga narkosläkare, den ena efter den andra, sedan dag blivit kväll.

För att redan från början förklara händelseförloppet, så var det så att jag tog bort en skadad och infekterad del av lungan. Patienten var mycket instabil under operationen. Blodtrycket var riskabelt lågt redan vid operationens början. Medicin och vätska som transfunderades in hamnade nämligen inte i kärlsystemet, som avsikten var, utan hamnade rakt in i bröstkorgen, eftersom den inlagda katetern hade perforerat en central ven, så att allt hamnade fel. Detta var förklaringen till instabiliteten, fast ingen insåg det vid den tidpunkten. Man ville att jag skulle öppna patienten, eftersom man trodde han blödde kraftigt, men jag hade två välfungerade dränagerör, så jag kunde lätt se att han inte blödde mer än normalt. Dessutom kunde jag genom att ta ett hemoglobin-prov på vätskan se att det som kom ut inte var rent blod, utan en blandning av blod och tunn vätska. Det var ju en klar vink om att klar vätska hade råkat transfunderas in i kärlsystemet. Jag mindes också alltför väl hur instabil han varit vid första operationen, och ville inte utsätta honom för ytterligare en riskabel narkos om det gick att slippa. Det skulle också kunna tänkas att han hade Addissons sjukdom, och därför inte kunde utsöndra cortison i tillräcklig mängd. Sådant måste också vara med i bedömningen. Han hämtade sig ändå sakta men säkert, men narkosläkarna ville ge blod, och satte senare i gång med blodtransfusionen under övertryck. Kraftigt övertryck används för att blodet ska pressas in snabbt. Men blodet koagulerade i dränagerören, och samlades i stor mängd i bröstkorgen, där hjärtat utsattes för sådant tryck att cirkulationen kollapsade. När det blev kris blev jag aldrig tillkallad, trots att jag satt väntande i närheten, ytterligare en försummelse. En annan kirurg öppnade patienten och fann allt blod, men kunde inte rädda patienten. Om jag hade blivit tillkallad, kunde jag möjligen ha tagit bort de icke-fungerande dränagerören och lägga in ett par nya, så att allt överskottsblod skulle kunna sugas bort. Möjligen, men inte säkert. Jag var den kirurg som mest hade intresserat sig för olika dränagesystem, och jag kunde med stor säkerhet kontrollera om dränagen fungerade som de skulle eller inte.

Jag beskylldes för att ha försummat en blödning och fick därför en varning. Ingen av tre sakkunniga, som undersökte fallet, kunde klarlägga vad som hänt. Det kunde däremot jag när jag fått tid på mig. Min förklaring vann, och jag blev friad i länsrätten. De narkosläkare som dräpte min patient av okunnighet och kanske slarv när katetern lades in så att den punkterade venen, och allt som pumpades in hamnade i bröstkorgen, blev aldrig kritiserade för detta. Inte heller för att läget av infusionskatetern inte hade kontrollerats. Det gick inte heller att se vilken läkare som lagt in katetern, eftersom det inte noterats i journalen. Ytterligare en brist. Deras centrala venkateter (CVK) var dråpvapnet. Det var de som hade förtjänat varningen. När det verkliga händelseförloppet slutligen hade klarlagts borde min chef ha anmält de verkligt skyldiga, men det skedde inte. Om en operation slutar illa är det tradition att kirurgen alltid får skulden.

Dessa två händelser är utförligt beskrivna i min självbiografi "Kniven i bröstet igen", BoD.

Den första motgången var egentligen en tidningsanka, men en synnerligen obehaglig sådan. Det var en skröna skapad av en reporter som inte följde pressetiska regler. Antingen hade han ingen aning om dem, eller också struntade han lågaktningsfullt i dem. Efter en tid skrev jag till GP för att protestera.

74

Brev till Peter Hjörne och Alice Teodorescu

Hej!

Jag är glad att GP verkar klara krisen och överleva. Varje morgon läser jag papperstidningen med behållning och jag tycker att tidningen blivit tuffare och bättre under Alice Teodorescus ledning. Den är modig och inte ängsligt rättrogen mot åsiktskorridorernas huvudfåra.

Det var dock en tid när jag sade upp prenumerationen i avsky mot GP. Det är längesedan, men det är saker man inte glömmer. Jag blev förtalad och förnedrad av GP utan någon giltig anledning under 1991. PA Jigenius var chefsredaktör, och journalisten Christer Lövkvist skrev illa underbyggda artiklar som gick ut på att två av thoraxklinikens kirurger skulle ha sämre resultat än vad som var acceptabelt. GP skulle publicera en artikel om detta och ringde upp sjukhusledningen och förvarnade. Ledningen blev då så skraj att den bestämde att de två kirurger det rörde sig om skulle stängas av. Därmed bekräftade de GPs dåligt underbyggda story, som därför verkade mer sannolik. Jag kan förutskicka redan nu att de utredningar av operationsresultaten på thoraxkliniken som vidtogs mynnade ut i att det inte fanns fog för någon kritik. Sjukhusdirektören blev slutligen tvungen att gå ut i pressen och meddela att han åter hade fullt förtroende för alla kirurger.

Hela storyn byggde på två ingredienser. Först en hemlig genomgång av operationsresultat som inte tog någon hänsyn till att olika kirurger helt enkelt opererade på olika slags patientmaterial, som i riskhänseende inte var jämförbara. Dessutom någon form av oansvarigt skvaller från intensivvården som aldrig blev konkretiserat. Av dessa två ingredienser byggde journalisten Lövkvist en giftig häxbrygd som fick mig att kallas "avstängd" några månader, och som fick vissa konsekvenser för avsevärt längre tid. Mitt namn nämndes aldrig i pressen, men alla i verksamheten visste ändå namnet på de felaktigt utpekade kirurgerna. Man kan därför säga att våra namn drogs i smutsen. Lövkvist tog aldrig någon kontakt med mig eller den andra avstängda kollegan. När jag frågat runt bland kollegorna så var det överhuvudtaget ingen kirurg som hade blivit tillfrågad, och ingen hade sett denne Lövkvist. Jag har hört ett talesätt som handlar om journalister: "Kontrollera aldrig en bra historia," (för då kanske det visar sig att den inte stämmer). Jag tror mig veta att det strider mot pressetik att inte låta en smutskastad person få en möjlighet att bemöta negativa påståenden.

Jag vet hur sagan om de dåliga resultaten uppkom. En yngre kirurg på vår klinik såg en kväll att det lyste på tjänsterummet hos en av de seniora narkosläkarna. Han gick dit, och narkosläkaren visade stolt att han kunde göra en sammanställning av alla kirurgernas operationsresultat beträffande mortalitet. "Så går det inte att göra", invände den unge kirurgen omedelbart. "Det är stor skillnad på patientmaterialens sammansättning mellan erfarna och oerfarna kirurger. De mest erfarna tenderar att få högre mortalitetssiffror pga svårare patienter". Dessa ganska självklara sanningar ville inte den fåkunnige narkosläkaren lyssna på, och de mortalitetssiffror som kom ut i pressen var de som han hade i sin dator.

Vi fick valsa runt i pressen ganska intensivt under sommaren 1991 och stå ut med den ena skrönan efter den andra innan slutligen två medicinska utredningar visade att inga problem existerade. Det hade jag kunnat tal om från början om jag bara fått en möjlighet. Mina mortalitetssiffror var egentligen i världsklass, om man tar i betraktande vilka patienter det gällde.

Under åren som följde bevakade jag Lövkvists skriverier när det gällde medicin. Han överdrev alltid, svartmålade och ville gärna göra tragiska händelser ännu värre. Jag minns när en kollega råkat ut för att en patient dog efter att kollegan lagt in ett dränagerör i bröstkorgen och olyckligtvis punkterat levern. "Allt gick fel " dundrade Lövkvist och utmålade kollegan så att han inte var värd vatten. Kollegan hade rätt indikation, rätt utrustning, i huvudsak rätt teknik, men siktade lite för lågt. Det var ett fel, "allt" gick inte fel. Naturligtvis fick kollegan varning från HSAN. Han hade förtjänat ett mer objektivt referat utan Lövkvists frossande i fördömande.

När jag avgick med pension 2010 frågade jag vår dåvarande personalchef om det fick gå till så som det gjorde 1991, att sjukhusledningen stänger av folk utan att ge dem möjlighet att försvara sig. "Absolut inte", blev svaret. Jag berättade om hur avstängningarna provocerats fram av Lövkvist. Det visade sig att personalchefen med viss förvåning hade följt denne journalists verbala äventyr i medicinjournalistiken. "Jaså, han var i farten redan då!"

Jag hoppas verkligen att det kommer att gå bra för GP som jag nu åter prenumererar på, men Hjörnes tal om "lokal kvalitetsjournalistik" och" god granskande journalistik" fick mig att minnas tillfällen då GP verkligen inte kunde skryta med god journalistik.

Med välgångsönskningar,
Leif Dernevik

Detta brev fick inget svar, vilket väl är föga förvånande. Jag har skrivit liknande brev till flera redaktörer för GP, men inget har velat eller vågat svara.

Nuvarande chefredaktör för GP har i sin egen tidning skrivit stora lovord om vilken fantastisk undersökande journalistik tidningen bedriver. Med bakgrund av mina egna erfarenheter har jag skrivit till redaktören att GP minsann inte alltid levt upp till de skrytsamma lovorden som chefredaktören givit sig själv.

Tidningen GP har en chef som basar över deras "grävande journalistik", en slags "grävchef". Han skrev en i mitt tycke mycket skrytsam artikel om hur märkvärdiga deras grävande resultat var. Därför fick han också en redogörelse över hur kapitalt GP misslyckats i mitt fall. Han svarade inte heller, för GP vill ju inte höra talas om att de inte alltid varit perfekta. Därför fick han efter ett par veckor utan svar ett kort mail från mig om att jag tyckte GP var en mycket feg blaska.

Christofer Ahlqvist tillhanda (Han är s.k. grävchef på GP)

Hej Christofer!

Jag blev lite inspirerad av vad du skrev den 1/5 om pressfrihet och om GP:s förträfflighet. Grävande journalistik och guldspadar minsann! Era fina journalister är värda all respekt. Jag prenumererar på GP och uppskattar den, men det har inte alltid varit så.

Det fanns en tid då GP slarvade med journalistiken, inte kollade källor, förmedlade löst skvaller, och som jag upplevde det, förtalade mig och en annan kirurg utan giltig orsak, och utan att kontrollera bakgrund eller fakta. Framför allt förvånades jag över att jag, som baktalad och förnedrad, aldrig kontaktades av den journalist, som tog sig friheten att dränka mig i negativa omdömen. Jag trodde att den förtalade skulle ha fått möjlighet att försvara sig och ge sin syn på saken, men det var helt klart att detta inte intresserade GP det minsta. Jag hoppas att du vågar läsa detta brev, fundera lite och ta mina synpunkter till dig. Kanske vågar du till och med svara mig. Fast nu är jag kanske alltför optimistisk?

Sommaren -91 blev ett rent helvete för mig pga av tidningens skriverier. Det började 18/6 1991 med följande sensationella rubrik: **Dåliga operationsresultat oroar. Hjärtkirurger kan avstängas.** Vad som

78

hade hänt var att en oansvarig narkosläkare hade kommit på att han kunde göra mortalitetsstatistik på sin MacIntoschdator och få fram mortalitetsdata för varje enskild kirurg. Denna statistik läckte han till GP. Han gjorde en liten uppställning där läkare med 0 % mortalitet fanns till vänster, sedan kom läkare med mortalitet på 4-5 % och längst till höger fanns två staplar med 12 och 16 %. Varje något så när initierad person kan direkt säga att sådan grov statistik inte betyder så mycket, eftersom olika läkare opererar fall med olika svårighetesgrad. Utan kännedom om patientmaterialet kan man inte dra några slutsatser om kirurgernas kvalitet. Den journalist som ställde till allt hörde absolut inte till gruppen initierade personer. Han hette Christer Lövkvist. Han visade sig aldrig för mig eller någon annan kirurg. Modet räckte väl inte. Han skrev en massa artiklar under sommaren. Bland annat ger han en rejäl avhyvling åt en annan läkare som hade fräckheten att kritisera hans artiklar. Han beskyllde den andra läkaren för att ge sig sken av att förstå något av journalistiskt arbete. Kritisera en journalist var tabu, men journalisten kan tydligen fritt kritisera läkare, då behövs tydligen ingen fackkunskap. I hans artiklar påstods att jag och den andre kritiserade kirurgen var avstängda, men noga taget var det en lögn. Ingen chef hade meddelat oss ett avstängningsbeslut. För att förkorta historien berättar jag nu att efter att en hel grupp experter nagelfarit hela patientmaterialet framkom det att det inte fanns något skäl till kritik av någon av kirurgerna. Frampå hösten skrevs flera notiser om hur experter har friat de anklagade, och sjukhuschefen Rooseniit förklarade sig på nytt ha förtroende för kirurgerna.

Lövkvist hade i början påverkat händelseförloppet genom att kontakta sjukhuschefen Rooseniit och tala om att han tänkte publicera artikeln om vissa kirurgers dåliga resultat över helgen. Då hade Rooseniit sagt att han i så fall skulle stänga av kirurgerna. På så vis hotade Lövkvist till sig en godbit som han gärna publicerade, även om den inte var sann, för någon formell avstängning blev det aldrig. Vi hade ju ändå semester.

Jag hörde till dem vars mortalitetssiffor var under 5% och alltså egentligen var helt utmärkta eftersom jag då var biträdande överläkare och opererade ett patientmaterial med högre risk än de rena nybörjarfallen där mortaliteten förväntas vara 0. Man skulle ju tro att kirurgerna med staplar som visade på 12 och 16 % var de som skulle kritiseras, men 12% hade klinikchefen Göran William-Olsson och han fick det på något sätt till att jag skulle kritiseras och han själv slinka av kroken.

Det ska sägas att mitt namn inte avslöjades i tidningen, men alla på sjukhuset visste ju ändå att det var jag som var en av de s.k "avstängda". Jag kände mig djupt kränkt och förnedrad. Lövkvist fortsatte under många år att rapportera om sjukvården på ett ganska negativt sätt. Han blev av oss ganska ökänd. När jag blev "frikänd" var det inte bara att gå vidare. Jag kunde inte ta risker att operera en patient med risk för dödsfall, för då skulle jag få skulden, "ingen rök utan eld" skulle folk tänka. Det blev så att jag gled mer och mer över till lungkirurgi. Min löneutveckling bromsades upp. Man hade förorsakat mig en obotlig skada.

Det finns andra dumheter som jag skulle kunna berätta om. Vår första hjärttransplantation blev naturligtvis mycket omskriven, med all rätt. Men proportionerna blev helt fel. Min chef, William Olsson, hade aldrig gjort en hjärttransplantation förr, så han hade en professor Nils Bleese från Hamburg med sig som läromästare. Det var utmärkt. Sedan kom William-Olsson att hyllas för sin operation, medan Bleese aldrig någonsin omnämndes. Operationsteamet beskrevs i ord och bild i GP, men Bleese ingick inte. Det gynnade inte WO att nämna det för pressen. Ännu värre, det kom att skrivas om WO:s unga hustru, Eva Berglin som "den kvinna som först utförde en hjärttransplantation". Hon lanserades i rubrik och med bild som den "första kvinnan". I själva verket var hon tredje assistent vid operationen, vilket knappast är liktydigt med att utföra en hjärttransplantation. Om hon böjde sig fram och hade en lång sug i handen kunde hon nog suga upp lite blod från operationsområdet. Det var allt. Hon klippte ut och ramade in artikeln och lät den hänga på vårt sekretariat. Hon hade ingen skam i kroppen, lika lite som WO.

En annan förfärlig incident kom att beskrivas som patientbranden på Sahlgrenska. En patient jag hade opererat drabbades av en komplikation

80

och måste öppnas akut liggande på intensivvården. Detta gjordes av en kollega till mig som var jour. Jag hade ingen joursökare, så jag kom på plats lite senare. Jag mötte en grupp bistra brandsoldater i trappan och undrade varför. Min kollega hade snabbt hällt sprit över patientens bröstkorg för att sterilisera. När sedan patienten måste defibrilleras för flimmer, fanns inte sådana defibrilleringsspatlar som används på operation, bara en större typ som används på intakt bröstkorg. Kollegan satte dessa mot bröstet och levererade en elchock mot hjärtat. Det gick bra, men en gnista uppstod mellan defibrilleringsspateln och sårhaken så att molnet av avdunstad tvättsprit antändes ett kort ögonblick en bit ovanför patienten och utlöste brandlarmet.

Det uppstod en enorm mediacirkus om denna förmodade patientbrand, och det var inte lönt att säga att det inte brunnit i patienten, att det inte fanns någon brännskada eller dylikt. Det var en i personalen som tipsat GT och fått 1000 kronor för det. Det framkom ett år senare i en notis i GT. Det blev en veritabel cirkus i alla media under många dagar. Detta var inte primärt GP:s fel, men GP ylade med lika högt som de andra vargarna och gjorde inte någon vettig journalistik. Det var sensationell och lögnaktig kvällstidningsjournalistik för hela slanten. Det GP gjorde var bara att skriva av vad GT redan hade beskrivit. Ingen källkritik, ingen etik. Egentligen ingen journalistik alls.

Detta brev blev förstås inte besvarat. Vem hade väntat sig det?

Bokreaktioner

När jag efter pensionen skrev mina memoarer, måste naturligtvis mina misslyckanden komma med, eller rättare sagt vad som verkade som mina misslyckanden, men där andra hade stor skuld. Boken kallade jag Kniven i bröstet, vilket både syftar till att patienter kan komma in akut med en kniv i bröstet, och om inte det är fallet, är det kanske jag som kirurg som sätter kniven i bröstet för att öppna patienten. När den första upplagan tagit slut, renoverade jag texten lite grann och kallade boken Kniven i bröstet igen, och gav ut den på ett nytt förlag.

Jag beskrev min klinikchefs svek mot mig, hur områdeschefen och sjukhuschefen aningslöst och okunnigt spelade med. Jag beskrev narkosläkaren som skapad felaktiga diagram och läckt dem till pressen. Likaså min chefs skamliga handlande och hans smått vansinniga utfall mot allt och alla på slutet. Nästa chef beskrev jag som god kirurg, men oduglig chef. Jag blev friad från misstanken att ha låtit en patient dö pga inaktivitet, och avslöjade hur narkosläkare hade transfunderat ihjäl honom med blodtransfusioner under övertryck Jag beskrev GP;s slarviga spridande av felaktigheter, baserat på skvaller utan någon som helst självkritik eller kontroll av källor,

Jag presenterade boken på min gamla klinik, och donerade ett exemplar till deras bibliotek. Jag lämnade exemplar på sjukhusbiblioteket och på andra ställen.

Det var med stor bävan jag avvaktade reaktioner. Hur många skulle bli ursinniga? Vilka ilskna utfall skulle jag få stå ut med?

Det blev mycket värre än jag trott, faktiskt det värsta som skulle kunna hända. Ingen brydde sig det minsta, jag fick inte en enda reaktion från någon kollega, jag fick aldrig något tecken till att någon av dem över huvud taget läst boken. Det kändes nog som det värsta misslyckandet. Jag upplevde det som en iskall likgiltighet.

Däremot fick jag en mycket god respons från en privatperson, nämligen hustrun till doktor Gatzinsky, som jag valde till min handledare, och som varit min läromästare under tidiga år. Hon var entusiastisk över hur jag kunde levandegöra den epok, då jag arbetade ihop med hennes man. Av henne fick jag så mycket beröm jag någonsin kunde önska mig, men hon var den enda.

Detta påminner mig om en annan slags bedömning om mina formuleringar. Vi hade en period när vi skrev mycket tråkiga journalanteckningar i digitaliseringens barndom. Vi kunde använda färdiga fraser, som vi bara klickade på. Det var inget för mig. Jag försökte beskriva patienterna och deras tillstånd så exakt som möjligt. En läkarsekreterare uppskattade min formuleringsförmåga så mycket att hon kallade mig "deckarförfattaren".

FHM och paraplyer

I år får nyårsönskan bli ett Bättre Nytt År för alla. Vi har fått se regeringen ta ett kliv åt sidan för att överlämna ledningen till en myndighet, som vi aldrig förr har hört så mycket talas om.

Folkhälsomyndigheten kan inte förbehållslöst rekommendera allmänheten att använda paraply när det regnar. Det är lite för komplicerat för folk att rätt hantera utrustningen och t ex rikta in paraplyet korrekt mot regnets anfallsriktning. Det är däremot ett självklart hjälpmedel för professionen, och med det menas naturligtvis meteorologerna när de är ute och avläser sina väderstationer.

För den breda allmänheten är det alltför mycket som kan gå fel, och användandet av paraply kan därför invagga personen i en känsla av falsk säkerhet, så att han förlitar sig alltför mycket till sitt paraply och inte söker naturligt skydd under utskjutande tak, baldakiner eller broar. Han, eller hon, kan då bli alldeles onödigt våt. Personen bör ju hålla ordentligt avstånd till det fallande regnet. Medan FHM har inskärpt vikten av avstånd, har de samtidigt tagit oss alla i örat riktigt ordentligt. Det är också en stor frestelse att pilla med fingrarna ovanpå paraplyet, så att man blir alldeles våt om hela händerna och kan överföra fukten till resten av kläderna. Direkt stötande missbruk förekommer också, t ex när personen sänker paraplyet under hakan för att lättare kunna samtala med någon annan, eller när man inte dragit ned paraplyet ordentligt mot huvudet.

En annan expert, som brukar uttala sig, påtalar att inget hindrar den fuktiga luften att gå fram och tillbaka och åt sidorna under paraplyet, så att användaren ändå blir våt. Därför, säger hon, hjälper det inte ett smack, det är bara smäck. Det hjälper inte heller ett skvatt mot skvätt, och tänk så lite

84

det hjälper mot stänk. Alltså hjälper det inte ett dugg, utom möjligen mot lite duggregn, och det kan ju göra detsamma. Om det sedan inte hjälper ett dyft mot något annat, det må de lärde dryfta om.

När det gått lång tid efter coronaepidemin är kanske tolkningen av denna text inte helt självklar. Därför måste jag nog avslöja att det är en parodi på folkhälsomyndighetens nedsablande av användning av munskydd i början av epidemin. Bakteriologiprofessor Agnes Wold påpekade gärna att munskyddet inte filtrerade luften, utan att den fritt gick ut och in på sidorna. Denna anmärkning är relevant för virus som likt mässlingsvirus smittar som luftburen smitta, där viruspartiklarna kan segla i väg mycket långt. Det är riktigt, men det hände också att folk hostade eller nös och då slungas vätskedroppar ut som stoppas av skyddet.

Coronavirus smittar via droppar, och då är munskydd bra att ha. Folkhälsomyndighetens egen Jesus, Anders Tegnell, ansåg att användning av munskydd kunde vara en nackdel. Han menade att om en person petade på munskyddet kunde han få virus på fingrarna som han sedan avsatte på pannan t ex om han petade sig i ansiktet. De virus som han ansåg satt på munskyddet, var skulle de ha varit om inte munskyddet funnits? Jo, förstås i munnen, på läpparna och i näsborrarna. Personen skulle alltså redan ha varit smittad. Hans eget resonemang stödde därför uppfattningen att munskydd skyddar, utan att han själv tycktes inse det. Utvecklingen senare gjorde att användning av munskydd blev obligatorisk vid sammankomster och i kollektivtrafiken.

Här ståtar författaren med ett paraply som han missbrukar å det grövsta, precis som en som drar ner munskyddet och låter det sitta under hakan.

Åren med coronavirus

År 2020 kom jag hem i februari efter att ha varit på turné i Indien med storbandet Moving Big Band, som då faktiskt gjorde skäl för namnet. Vi hade ju rört på oss ordentligt, och kanske spelade vi ballader "rörande" dvs moving. Det dröjde inte länge innan smittan var över oss, och vi måste sluta träffas. Munskydd, kunde det vara till nytta? Men det trodde inte FHM: s egen Jesus, Anders Tegnell och inte heller infektionsspecialisten Agnes Vold. Hur skulle man ha munskyddet om man spelade trombon, framför munnen eller framför klockstycket? Jo, det fick bli framför klockstycket, för annars fick man inte fram ett ljud. Jag provade också ansiktsmask, som skulle vara så bra, men det var svårt att förhindra att masken ramlade av.

Men jag gömde mig i skogen i Värmland och undgick därför smitta, men däremot fick jag fotsvamp.

Munskyddet på riktigt vis? Nej, det går inte.

87

Munstycket på klockstycket, ja det blir som en liten sordin.

Ansiktsmasken sitter över näsan. En riktig daggmask. Kan den hjälpa till möjligen? Det verkar lite svårt att få den att sitta kvar.

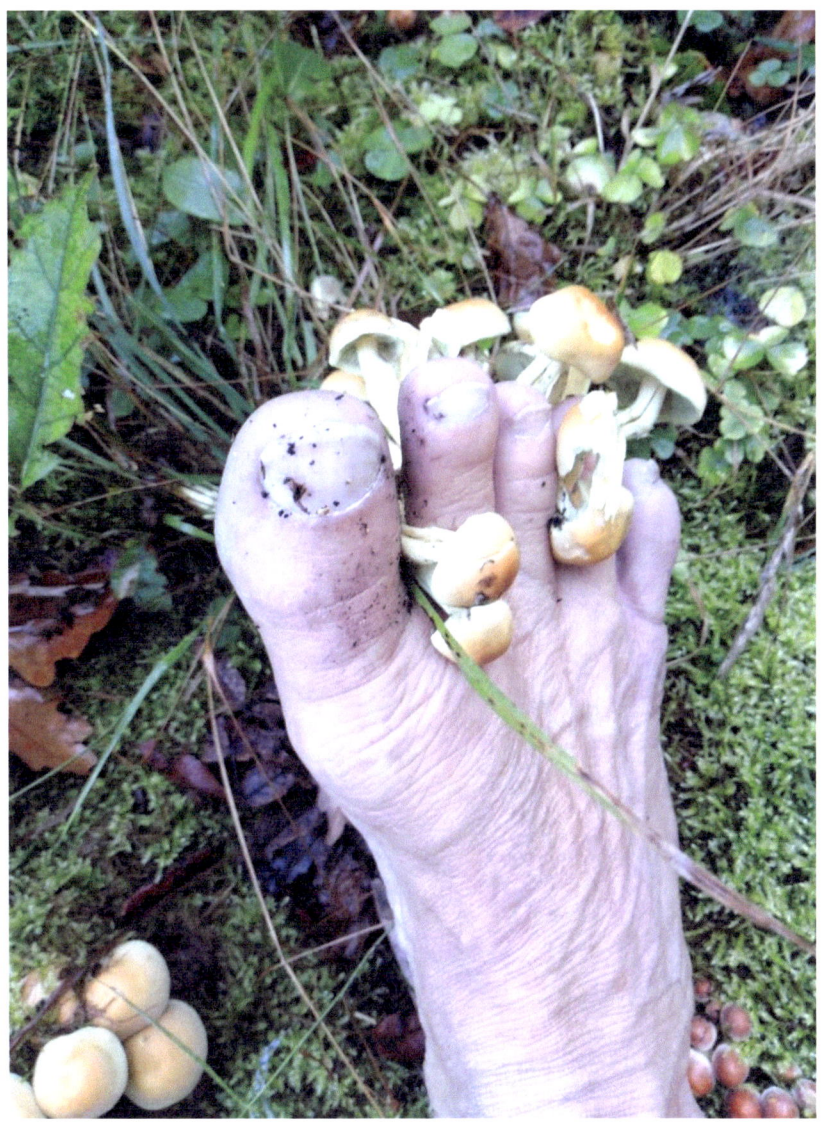

Ja jäklar! Nu har jag råkat ut för fotsvamp också.

Här är jag mitt i spenaten, nej ormbunkar är det visst. Det är en skog av ormbunkar, men detta är i Göteborg, på min egen tomt.

Spontan modell för spridning av droppsmitta

Alla har vi ibland upplevt hur luften vi andas ut står som en "rök" ur munnen på oss. Rök är ju fel benämning, det är egentligen en dimma av vattendroppar.

Det vi andas ut är luftens blandning av gaser inklusive vattenånga. Allt detta är normalt osynligt. Om atmosfären redan är fullt mättad av fukt, så att ingen mer fukt kan bäras, kondenserar ångan omedelbart till vattendroppar som, vi ser som en plym av "dimma". När vi andas in upplöses omedelbart dimformationen och försvinner, men en ny likadan bildas av nästa utandning.

Två gånger i höst (2020) har förhållandena varit sådana att jag sett plymer av dimma bildas vid varje andetag. De har formen av koner med rundad botten, konens smalaste del kommer ut ur munnen, och konen tjocknar längre från mig, men den når inte fram till handen om jag håller armen utsträckt framför mig. Likheten med en portion spunnet socker slog mig. Det är alltså en tät dimma av vattendroppar, och droppsmitta borde alltså kunna ske inom det område som konen upptar, och som är kortare än min utsträckta hand. Armlängds avstånd borde därför vara ett lämpligt avstånd för att hjälpa bra mot droppsmitta. Vid de tillfällen då jag kunde iaktta detta, var temperaturen omkring två grader plus. Vid köldknäppen efter nyår har jag inte kunnat iaktta någon dimkon alls.

Smitta kan också vara luftburen, där smittopartiklarna svävar med luften och kan spridas mycket längre. Men utspädningen av bakterierna eller viruspartiklar blir då avsevärd, och sannolikt kan inte en effektiv "infektionsdos" uppnås utomhus. Det behövs en rejäl dos av smittoämnet för att en smitta ska kunna ske, och det är olika för olika typer av partiklar.

Vi har nämligen också ett ospecifikt immunförsvar som inte förutsätter antikroppar.

Jag hoppas att resonemangen är riktigt, tyckte att det var intressant att kunna se utandade dimkoner som visuella modeller av droppsmitta.

Men tag er i akt!

Patienten lär upp sin doktor.

Vid den lilla förargliga men smärtsamma episoden hade jag varit pensionär i många år, men i ryggen hade jag decenniers kirurgisk erfarenhet. Tidigt i min utbildning fängslades jag av kirurgi när jag gjorde randutbildning på Sandvikens lasarett, och hela året därpå arbetade jag på en läkarstation i Valdemarsvik, där chefen var en dansk läkare. Det blev snart så att jag fick ta över alla fall av den "lilla kirurgin", dvs operation av småsaker, som man inte behövde åka in till sjukhus för. Det var småskador, bölder, hudtumörer och allt som krävde något litet ingrepp i lokalbedövning. En gång stannade en bil precis utanför entrén och en anhörig rusade in. Han ville att jag skulle skaffa ambulans och följa med i den till lasarettet i Linköping pga en sårskada som patienten, hans anhörige, hade ådragit sig. Jag kommer nu inte ihåg vad som hänt, men jag tittade på patientens blodiga bröstkorg och konstaterade att det inte var några djupare skador.

"Lugn, det fixar vi här på direkten" sa jag. Vi tog in patienten till vår lilla operationssal. Jag tvättade försiktigt rent och bedövade sårkanterna. Sedan reviderade jag såret, så att bara vital vävnad var kvar och tog bort grus och vad det kunde vara. Muskler, underhud och hud syddes i skikt och han fick ett rent förband. Det blev inga komplikationer, allt läkte bra. På den tiden var provinsialläkarna lite mer erfarna i kirurgi än vad som blev fallet längre fram. Senare blev de mer författare av remisser, recept och intyg.

Nu till min förargliga episod. Jag gjorde i ordning i köket och skulle öppna en av de lägre kökslådorna. Den var klädd med faner av estetiska skäl, men faneret var skadat. Nu råkade jag köra ett finger rakt mot lådans kant, och en bit sprucket faner trängde in under min nagel ända in till nagelbandet. Den yttersta biten av flisan hade gått av, så det fanns inte en möjlighet att få tag på flisan med en pincett. Sådant gör ont, och det blir mycket ömt. Om jag får minsta lilla tryck eller slag mot fingertoppen värker hela fingret.

Jag försökte stå ut med eländet med den tanken att om det bara bildas lite var omkring flisan, så kan den lossna och kanske komma ut. Det gick ett par dagar, men sedan stod jag helt enkelt inte ut längre. Jag gick till min vårdcentral på förmiddagen, då det var "drop in" för akuta problem. Det kom en läkare, som jag inte kände sedan tidigare, och jag följde med honom in på undersökningsrummet och visade honom fingret. Jag förväntade mig att han utan att tveka skulle förbereda för borttagning av flisan, det är ju en enkel sak när man har nödvändig utrustning. Men han stod där och velade och kunde tydligen inget ta sig för. Han försökte förklara bort problemet med att det kanske inte alltid var det bästa att ta ut flisan genast, utan man kunde avvakta ett tag först. Den kunde komma ut av sig själv. Men avvaktat hade jag ju redan gjort. Och nu ansåg jag att det var tid för handling.

"Du menar väl inte att jag gått hit förgäves", frågade jag. "Jag har redan avvaktat ett par dagar och det irriterar mig förfärligt. Nu vill jag ha bort den direkt, och om du inte vet hur du ska göra så ska jag gärna visa dig. Jag är ju gammal kirurg själv".

Han fick svälja stoltheten. Jag visade hur man lägger ledningsanestesi på nerverna till fingret, med lokalbedövning, utan adrenalin naturligtvis. Sedan tar man en liten sax och klipper upp nageln precis där stickan gått in. Sen är det bara att dra ut den med en främmande- kroppstång och lägga förband. Det är bara ett par minuters jobb när bedövningen tagit.

Jag får medge att det var bra att han bestämde sig för att göra som jag föreslog, och det gick precis lika enkelt och okomplicerat som jag hade förutsagt. Då blev jag naturligtvis både glad, lättad och kände tacksamhet mot honom,

"Tack så mycket doktorn, sa jag. Nu är problemet löst!"

"Tack själv doktorn, svarade han. Jag är glad att jag fick lära mig det där".

Farliga djur jag mött

Man möter inte så många farliga djur i Sverige. Vi har björn och varg, och ingen av dem har jag mött, men jag är säker på att jag sett vargspår i snön, när jag varit i Värmland på vintern och åkt skidor.

Huggormar kan vara farliga, och sådana har jag naturligtvis stött på då och då. De brukar slingra sig undan rätt fort, men det kan ju vara farligt om man är barfota och råkar trampa på en. Undrar om de är farliga för katter? Troligen inte, katterna har övertaget om jag kan tro på min mormor, som berättat om hur det kan gå när katt och orm möts. Hon bodde på landet och har säkert sett ett sådant möte flera gånger. När ormen reser upp huvudet för att hugga, får han genast en örfil av kattens tass och ramlar omkull. Detta upprepas gång på gång tills ormen smiter i väg. Jag har däremot sett min katt Putte leka med en snok. Katten kastade och lekte med ormen som inte hade något att sätta emot. Slutligen lade sig ormen på rygg och spelade död. Det fick katten att tappa intresset, och så fort katten var en bit bort vände sig snoken rätt och slank bort det fortaste den kunde.

I oktober 2022 är tidningarna fulla av rapporter om farliga hundraser, och om en kobra som flytt och håller sig undan någonstans på Skansen i Stockholm. Kobran heter Sir Väs, och jag tror det är väsentligt att man får veta vad det var för olyckliga "ormständigheter" som gjorde att kobran smet. Publicitetsskadan för Skansen kan ju bli "enorm". Sedan smet en uggla från en park, men kom tillbaka, och fem chimpanser har flytt från en djurpark i Gävle och man sköt tyvärr fyra av dem. Chimpanser har jag förstås sett i djurparker, och de verkar vara snälla och trevliga djur. Varför kan man inte fånga in dem utan måste skjuta fyra av dem? Först fick man förklaringen att de var mycket starka, och att man inte kunde låta människor möta dem. Men djurparken var ju stängd för besökare. Tiden gick, och det visade sig slutligen att hanteringen av de förrymda aporna fick

95

bister kritik. De hade skjutits med vanliga jaktvapen, vilket absolut inte fick förekomma. Hela hanteringen underkändes. Det visade sig att det var människorna som var opålitliga, obehärskade, grymma och oförnuftiga. Stackars djur som blir utsatta för oss.

En kvinna har blivit ihjälbiten av sin egen hund som var en Amstaff, och nu diskuteras om kamphundar ska förbjudas. Det beskrivs hur de avlas för att bita tag och inte släppa sitt offer. Själv har jag en negativ erfarenhet av en pitbullterrier, som ägdes av min barndomsvän Gunnar. Jag och min fru hälsade på Gunnar och hans fru i Flen. Deras stora pitbull låg på golvet och krafsade mig på foten och benet då och då. Jag trodde att han tiggde mat, och jag klappade honom lätt på huvudet som svar. Plötsligt flyger hunden på mig och hugger tänderna i min vänstra överarm. Jag reser mig häftigt upp, hunden hänger kvar med sina hörntänder djupt begravda i mina armmuskler. Han har bakbenen kvar på golvet. Jag ser in i hans svarta, stirrande ögon. På grund av adrenalin känner jag ingen smärta. Jag lyfter höger arm och knyter näven. Hundens nos är inom räckhåll, och den är det smärtkänsligaste hunden har. Jag samlar mig för ett kraftfullt slag, men sedan sänker jag armen. Det är min väns hund, och jag vill inte misshandla den trots att det vore självförsvar. På något sätt får vi bort hunden från mig, och dagen efter går jag till sjukhuset och får en förnyelsedos av stelkrampvaccin.

Jag fick aldrig veta vad som skulle hänt om jag slagit till. Skulle hunden tjuta av smärta och sticka och gömma sig? Skulle han flyga mig i strupen och döda mig?

Detta skulle jag vilja tala med en hundexpert om.

En levande kobra har jag faktiskt sett. Jag var på kongress i New Dehli och någonstans i en park fanns en ormtjusare med flöjt som fick kobran att resa sig ur korgen och se ut att dansa. Vad händer egentligen? Kan en kobra uppskatta musik? Tyckte ormen att musiken svängde? Kobran svängde i alla fall. Den bredde ut de stora vecken på halsen så att glasögonmönstret syntes.

Ormtjusaren hade också en pytonorm, som han erbjöd sig lägga runt halsen på en och annan turist, som ville ha ett spännande foto. Jag hade ingen som fotograferade mig, men ormtjusaren lade ändå pytonormen runt min nacke en stund. Förhoppningsvis var den både mätt och slö. Så länge den hängde stilla var det inte så farligt, men när den började röra sig blev det lite otäckt att känna de väldiga musklerna, som skulle kunna strypa mig på ett ögonblick. Det var så obehagligt att jag bad ormtjusaren ta bort ormen. Hur ska jag kunna förklara hur det kändes? Jo, ni förstår det kändes helt enkelt....pyton!

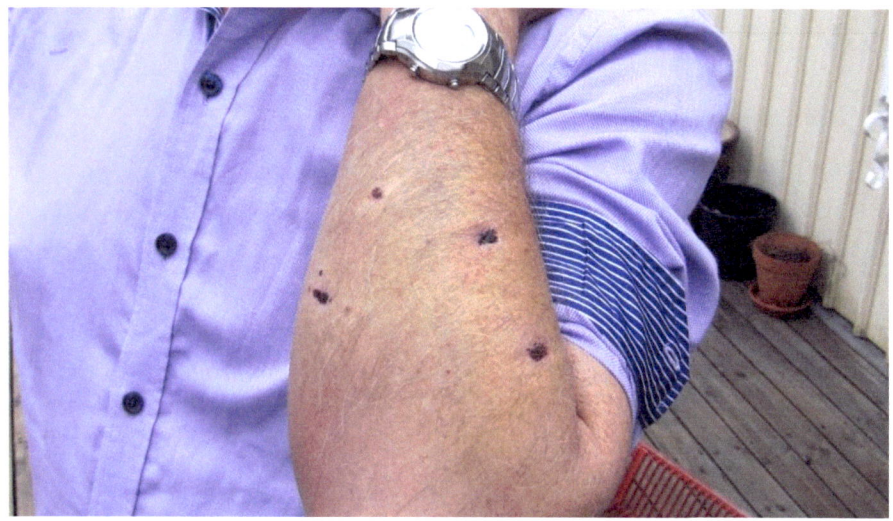

Bilden visar fyra läkta sår efter de hörntänder som en pitbullterrier begravde djupt in i min underarm.

97

Minnesplatser i naturen

Det är den 1/6 2023 och fint, soligt väder. Jag tar en av mina favoritpromenader, ut på Amundön. Jag går ända fram till klippan som är märkt "nakenbad" med stora vita bokstäver, men går inte uppför trappan till området för nakenbad, utan stannar vid de släta fina klipporna nedanför. Jag klär av mig och solar, vilket jag kan göra ganska sent på eftermiddagen då risken för hudkancer har minskat. Jag är opererad för flera hudkancrar och måste tänka mig för. Klockan kan väl vara omkring 17.30. Jag har en bok att läsa.

Jag rör mig lite fram och tillbaka på den släta klippan och plötsligt får jag se ett enormt kraftigt ljussken från en av de närbelägna klipporna. Vad kan det vara? Ljuset är kraftigt och alldeles fast, så det kan inte vara något som någon människa håller i. Jag har solen i ryggen och förstår att det måste vara en stark reflex i något mycket blankt föremål. En lampa skulle inte kunna lysa så starkt. Det här väcker min nyfikenhet, så jag klättrar över klipporna fram mot det skarpa ljusskenet. När jag kommer fram visar det sig vara en mycket blank bergkil som är inslagen i en spricka i klippan. Innanför bergkilen är en torkad och gulnad ros instucken. En bit nedanför ligger torkade rester efter vad jag tror är blomsterlökar. På bergkilen, som är märkt med namnet Hampus, sitter en bricka med en text som leder tankarna till den avlidne pojken, som hade några dagar fram till 22-årsåldern, men avled innan han hann fylla år. Dödsfallet skedde för knappt ett år sedan. Pojkens födelsedag och dödsdag är angivna. Som om klippan vore en gravplats står det en rörande text: *Sitt ned en stund hos mig. tänk på mig, le mot mig.* Sista meningen är *det är bra nu.* Det är några få meningar som jag inte vill citera i sin helhet. Men det kan väl inte vara en grav här? En kropp kan inte vara nedgrävd i den orörda klippan, någon urna finns inte, kan det vara så att pojkens aska är uthälld just här, på en klippa där han kanske brukar sitta och njuta av utsikten mot havet?

98

Några dagar senare kommer jag till samma släta berghäll där jag kan sitta och njuta av lugnet och det fina vädret, men nu syns ingen ljusreflex från klippan en bit bort. Har det hänt något? Jag går dit igen. Nej, allt ser precis ut som den gjorde förra gången, skillnaden är bara att nu är jag här lite tidigare, solen står nu lite högre, och det blir ingen ljusreflex kastad precis mot mina ögon. Minnesplatsen är dock orörd, skönt.

Efter ytterligare någon vecka går jag till Amundön igen. Nu styr jag stegen direkt mot klippan där minnesplatsen finns. Jag närmar mig inte med solen i ryggen och ser alltså inte någon ljusreflex. Den här gången har jag plockat röda och vita vildrosor som jag hänger upp mot kilen. Jag vill hedra den unge pojken. Undrar om någon anhörig går dit och ser att någon annan lämnat rosor?

Efter årets semester går jag en annan promenad längs *Säröbanan*, en asfalterad gång och cykelväg längs havet. Jag viker av och går mellan träden ner mot havet, och ut på några flata stenar i det grunda vattnet. Där hittar jag en annan privat minnesplats. Ett par låga mur-rester finns på klippan, och i ett hörn finns en välskött liten minnesplats, med två blomkrukor, ett ljus som går att tända, och en lykta som laddas av solljuset. Längs ner bakom blomkrukan finns en hjärtformad sten med text *Älskad och saknad*. Namn eller ålder framgår inte. Man får förmoda att den person som platsen ägnas åt älskade att vara vid havet. Jag tycker det är vackert gjort.

Minnesplats nummer ett.

Längs upp till höger ses den ursprungliga nu torra och sköra rosen.

Minnesplats nummer två.

I naturen, men också i människornas närhet.

Minnesplats nummer tre.

Minnesplats på en gräsyta mellan Askimsbadet och Hovås hamn. Den har troligen stått där ända sedan 2008. En plakett talar om att platsen tillägnas en flicka som dog 2008 vid bara 10 års ålder. Flickans namn står på plaketten liksom ett slitet foto.

De röda trosorna som gick igen

Bredvid min parkeringsplats vid villan finns en vändplats som oftast används som parkering för gästande bilar.

En sommardag såg jag en liten elegant bil som stod där. Jag såg också en ung dam som kom nerifrån Kofferdalsvägen och klev in i bilen och åkte iväg. När jag nästa gång slängde en blick ditåt såg jag att något låg kvar ungefär där bilen hade stått. Det var ett par röda spetstrosor, som väl tillhörde damen med bilen. Trosor röda som rosor. Jag kunde inte låta trosorna ligga kvar där på gatan, så jag tog dem och hängde upp dem på en buske, med tanke på att den som tappat dem skulle kunna hitta dem igen. De prydde sin plats, precis som en julgranskaramell pryder sin gran.

När jag träffade mina grannar, talade jag om vad jag gjort, eftersom jag faktiskt hängt upp trosorna på grannarnas buske eftersom denna buske var alldeles bredvid den plats där damens bil hade stått.

De försvann snart från sin plats, och grannen Karin talade om att hennes make, Hans, hade slängt plagget i soporna. Det var inte det öde som jag hade föreställt mig ett det dekorativa plagget skulle få. Men jag kunde inte säga något om det.

Det gick nog ett par månader. Jag var uppe på kullen bakom vårt hus och såg att någon spänt upp ett tunt rep som en ledstång ned till stigen över kullen, från min gata till en stig nedanför kullen. Jag följde ledstången av nyfikenhet. Just innan jag kom ned till stigen såg jag ett par röda trosor ligga slängda i gräset. De såg precis ut som de trosor jag tidigare hängt upp på en buske, men varför var de här? De skulle ju vara bortslängda. Upphittade och upphängda på ett klädstreck? Strecket hade gått sönder och trosorna hamnat på marken? Jag tog upp dem och hängde på nytt upp dem på en buske en bit ifrån stigen. De hängde nu på allmänningen bredvid min tomt, så jag behövde inte säga något till någon om det mystiska plagget. Varje gång jag gick förbi spanade jag in bland buskarna och såg de eleganta röda trosorna vaja för vinden. En dag var de borta definitivt. Var de upphittade igen eller hade de fått en ny ägare? Det är frågan. Det var faktiskt en liten rolig gåta att förgylla vardagen med. Det fick mig också att tänka på Fröding, och en variation på en av hans verser kom för mig.

Strunt är strunt och snus är snus

Om än i gyllne dosor

Och trosor på ett trasigt streck är ändå alltid trosor.

Om ljust öl och vänliga damer

Har köpt en hel kartong med ölflaskor som betecknas IPA. De är lite speciella i smaken. Benämningen betyder Indian Pale Ale. Alltså ett ljust öl som tydligen är inspirerat av Indien även om det är brittiska och amerikanska sorter.

Med det goda ölet i munnen, tar mig minnet med på en resa till 1960-talet. Jag är gymnasist och reser till Penzence i Cornwall, England på en språkresa. På sommarlovet inför sista årskursen åker jag. Platsen är fantastisk med ett trolskt landskap med palmer, och bergiga vikar, fast man är i England, och det är fullt med sjörövarromantik. Det är roligt med kamrater från hela Sverige, och lika roligt att lära känna våra engelska värdar.

Jag är en oerfaren pojke när jag åker, men på plats förvandlades jag till en man på ett sätt som jag nog inte behöver förklara. Som man vill jag naturligtvis gå på pub och smaka på det goda ölet. Men jag känner inte till några sorter, jag måste fråga bartendern om råd. Han nämner en särskild sort som han kallar EIPA, inte bara IPA. Jag minns hans replik: "Take EIPA, it really gives you a kick". Där och då lärde jag mig uppskatta öl och att gå på puben. Jag har till och med ett foto på den bartendern som jag dock inte bifogar här. Dessutom var det också så att bartendern artigt kallade mig för Sir, och det var en slående kontrast till det vänliga uttrycket "darling", som massor med medelålders damer tilltalade mig med till min förvåning. Det var förstås ett mycket utspätt "darling", kanske mer motsvarande ett svenskt "lille vän".

Den dansande hästen

Det var januari och Chrissan och jag skulle göra en utflykt till Vallda Sandö, men vägen dit var avstängd pga vägarbete, så vi hamnade i Lerkil istället och vandrade runt i den öde hamnen. På hemväg åkte vi raka vägen från Lerkil. Innan vi kom fram till den stora rondellen, där vi skulle svänga till vänster för att komma i riktning mot Göteborg, stannade vi vid ett övergångsställe.

En ryttarinna med en smäcker häst var på väg över. De hade ridit över den första halvan av vägen, och skulle nu rida över övergångsstället framför oss. Vi stannade i god tid och väntade. Nu började hästen bete sig lite underligt. Han trampade med alla benen upp och ned, men kom inte ur stället. Man kunde inbilla sig att han stod och dansade på platsen. Han svängde på kroppen och kastade med huvudet. Vi hade gott om tid så vi beundrade den ovanliga hästdansen. Hade jag haft kameran till hands hade jag tagit en bild. Hästen kom inte från platsen förrän ryttarinnan hade hoppat av och tagit tag i tyglarna och dragit hästen med sig. Tur att hästen inte var tygellös.

Till unge Ivar om gamle Ivar

En berättelse riktad till min sonson Ivar, döpt efter min farbror.

Min pappa, Harald, hade tre äldre bröder. Den äldste var Albin, och han var den ende som fick en utbildning. Minns jag rätt så blev han arkitekt, och han emigrerade till Amerika och fick en framtid där.

Den näst äldste, John, fick överta sin fars gård och driva egendomen. Han bodde i det hus som nu går under namnet Gammelgården i det som då kallades Pardix, efter ett gammalt uttryck som hade med järnhantering att göra. Tackorna sorterades i buntar av tio, "par dix". Jämför med uttrycket dixieland, som avser Lousiana, där man använde sedlar med texten "dix" på ena sidan och "ten" på den andra. Nu kallas platsen Paradisgård, som jag tycker kan låta lite skrytsamt. Förutom Gammelgården var det ganska stor tomt och skogar. Mest bedrevs skogsbruk, och bl.a. användes skogen till att framställa träkol, vilket gjordes i kolmilor på olika ställen i skogen.

Stockar staplades upp till milor och täcktes delvis med jord. Man tände på i bottnen, men det var inte meningen att stockarna skulle ta eld. Det skulle pyra så sakta i milan att veden förkolnade till träkol. De som skulle framställa kolen fick gå eldvakt nätterna igenom för att se till att inte milan brann upp.

Träkolet var en viktig råvara i framställningen av järn. Järnmalm fanns det gott om i Värmland, som är en del av den s.k. Bergslagen. Malmen blandades med träkol i en process, som gjorde att järnet smälte när malmen hettats upp tillräckligt, rann ut och samlades upp som järntackor, d.v.s. rektangulära bitar av rent järn.

Den tredje brodern var Ivar, och han fick enligt traditionen inte stor del av arvet, men han gick kvar på bror Johns egendom och hjälpte till med allt.

107

När jag var liten och började följa med pappa och min styvmor Ingrid till Pardix, fanns det ett stort sågverk som tillhörde John. Där låg stora travar med stockar som skulle sågas upp till plank, och plankorna staplades också i stora travar, som staplades upp på samma sätt som man kan bygga med tändstickor.

Vi barn klättrade på de stora virkestravarna, men det kunde nog vara lite farligt. Dessutom hoppade vi i de stora sågspånshögarna, som hopade sig vid sidan av sågverket. Sågspånen sprutades ut som ur en liten skorsten.

Den fjärde brodern var min far Harald, som också fick hjälpa till på gården, men han ville bort och läste på Hermods tills han fick kompetens som elektriker. Han läste också in realexamen på korrespondens, så att han efter några år kunde börja på folkskoleseminariet i Linköping. Hans arv blev bara en gammal hagelbössa.

Ivar gick kvar i Pardix, hjälpte mest sin bror, men hade också sina drömmar i livet. Han spelade lite fiol, och var bl. a. med i en dansorkester, som spelade på en liten dansbana i närheten.

Min far Harald har också varit med och dunkat litet på trummor i den orkestern.

Pojkarnas far, hemmansägaren Jonas, spelade själv fiol och var ett slags bygdespelman på fritiden.

Harald lärde sig fiol och gitarr och blev också sångare. Han blev en riktigt duktig entertainer.

Ivar hade ambitioner att lära sig mer. Han ville komma in på musiklinjen på Ingesunds Folkhögskola i Arvika. Han tränade på en folkvisemelodi, som hette "Dellens vågor", och den skulle han spela upp som prov och hoppades på att bli antagen.

Tyvärr fanns det så många duktiga amatörmusiker där, att när Ivar hörde dem spela, blev han helt modstulen och gav upp hela projektet. Han åkte hem utan att ha spelat upp.

Nu gick han hemma i Pardix igen utan att ha något annat att göra än att hjälpa sin bror. Han fick ett nytt projekt med att bygga sitt eget hus på en tomt som bror John styckade av åt honom, och plankor fick han gratis från sågverket.

Ivar lyckades faktiskt bygga sitt hus, som står kvar ännu i dag vid kröken mot Västerudsvägen. Naturligtvis måste han ha fått hjälp med bygget, men jag vet inga detaljer om det.

När jag var barn, och pappa och Ingrid åkte till Pardix bodde vi först vid landsvägen i ett hus som John ägde. Den gamla Gammelgården var då rätt förfallen och behövde repareras. Vid senare semestrar bodde vi hos Ivar i hans hus.

Undervåningen var inredd, men det var inte övervåningen ännu. Där låg bara skräp och gamla tidningar.

Jag minns hur Ivar satt vid köksbordet, lutade huvudet i händerna och tittade ut mot vägen. Under de åren hade han vad jag kommer ihåg inget arbete att gå till, utan levde som en pensionär. Han tyckte det var roligt när han fick sällskap, och han tyckte om barn och var snäll mot dem.

När Christina och jag hälsade på med våra barn, följde han med på långa promenader i skogen, bl. a. till älven. Han fick uppleva sådana utflykter med vår äldste son Markus.

Ivar gick nog mycket i skogen, och han jagade en del. Det påstås att han var tjuvskytt, och jagade vid olagliga tidpunkter. Jag har hört att han ibland gömde sin bössa i skogen för att inte bli påkommen med innehav av gevär utan licens.

Förutom jakt så var nog fiske ett intresse, och han hade en gammal träeka som han gjort själv. Jag vet att det fanns en verkstad i ett skjul vid Gammelgården, där man kunde tillverka ekor. Harald hade en av dessa gamla ekor.

När jag var barn var det mycket sällskapsliv i Pardix på somrarna. Där fanns många av mina kusiner och deras föräldrar. Det var ofta fester och tillställningar.

Jag minns särskilt en gång då jag föreställde forskningsresande Stanley Livingstone och fick bära på en gammal oladdad bössa. Ivar föreställde då min bärare, han var sotad i ansiktet för att se ut som en färgad.

Ivar var nog den förste i Pardix, som skaffade sig TV. Det var en liten tjock-TV i svartvitt, och det var inte så många program dagligen.

I början försökte alla se alla program som sändes. "Är det något på TV ikväll?" var en vanlig fråga. Varje kväll samlades många släktingar i Ivars hus för att dricka kaffe och se på TV. Ivar stod för TV:n, och gästerna hade med sig kaffe och bröd.

Brännvin förekom nog i deras sällskapsliv, men det var mycket måttligt, och jag minns inget fylleri. Pilsner och en sup till hackkorven var nog populärt.

Ivar påstod sig vara kommunist, men han var inte organiserad i något parti. Däremot författade han manuskript till en bok, som jag läst några sidor av, men manuskriptet har sedan många år varit försvunnet. Det egendomliga är att också min far Harald, skrev ett bokmanus, som även det har slarvats bort.

Ivars skrift var ett slags motstånd mot kapitalismen, säkert inspirerad av att han levde rätt spartanskt själv, men han hade eget hus, levde i vackra omgivningar, hade bra socialt umgänge och led ingen nöd på något sätt. Han hade inte heller några speciella krav på sig, utan gjorde mest som han ville själv. Han hade någon enstaka kompis som inte hörde till släkten, men mest var det ju släkten han umgicks med.

Han kom inte att bli gammal. Han drabbades av cancer i magsäcken och dog vid 73 års ålder.

Ivars fiol sitter nu på min vägg, och min bror Mats har tagit hand om Haralds fiol. Ivars fiol är mörkare i trät än en fiol brukar vara, och den har ålderns patina. Inne i fiolkrooppen kan man genom de f- formade hålen skymta en liten lapp som talar om att instrumentet reparerades år 1930 i Arvika.

Dass Haus

Nej, ovanstående är inte någon felstavning, utan helt enkelt namnet på vårt utedass vid vår sommarstuga vid den vackra sjön Alstern norr om Filipstad. Utedasset är ihopbyggt med ett förråd, så det liknar kanske inte ett vanligt dass, och inte heller har det något hjärta på dörren. Kanske borde jag sätta upp en bild på en stjärt i stället. Hela det lilla huset är målat med Falu rödfärg.

Sommarstugan var min fars, och på sjuttiotalet byggde han själv till den lilla stugan så att den fick ett stort och fint sovrum, och bredvid detta ett rum som då kallades tvättrummet. Min fru och jag övertog så småningom stugan, och innan dess var vi gäster där många gånger.

Ursprungligen fanns det ett litet dass i ett litet grått träskjul, sammanbyggt med vedförrådet.

Vid förrättande av naturbehov fick man sitta på en toaletthink, försedd med sittring och lock. Den här hinken blev rätt snart så pass full att man måste tömma den. Man lyfte upp hinken i dess handtag och gick med den in i skogen, där man fick gräva en lagom stor grop och hälla i den osmakliga sörjan som fanns i hinken, och sedan lägga jord ovanför. Det var faktiskt ett riktigt skitjobb. Så fick man gå och tvätta sig i sjön.

Min far och min styvmor tröttnade förklarligt nog på detta system, och ville ha något bättre och modernare. Det blev en mulltoa, stor som en tron upptog den större delen av tvättrummet. Avföringen skulle förmultna, och för att detta skulle ske, så var en fläkt igång hela tiden. Behållaren med förmultnad avföring skulle inte behöva tömmas så ofta. Baksidan med denna konstruktion var den ständigt surrande fläkten, och en svag men distinkt odör av urin som man inte kom ifrån.

När jag och min fru till slut tog över stugan som vår, så var bland det första vi gjorde att slänga ut mulltoan med motor, fläkt och allt. Vi tyckte det var en riktig skitapparat. Då hade just den mycket duktiga snickaren Sven från Västerud färdigställt ett förråd med vidhängande gammaldags dass, som vi själva rödmålade. Det blev slut på surret, och vi kunde släppa in blomdoft utifrån.

Jag vet inte riktigt hur gammalt vårt dass är nu, men det är åtminstone ett decennium, kanske närmare två. På baksidan finns en lucka att använda om man vill krafsa ut rester från dess naturliga användning, men det har vi aldrig behövt göra. Under ett par korta sommarmånader använder vi dasset så ofta vi behöver, vi ser hur bajs och papper samlas därnere, men under den tiden som vi inte är där så verkar allt avfall försvinna på naturlig väg, så nästa säsong börjar vi om igen. Dasset har förstås bara en fjöl, sittöppning. Jag har sett sådana som haft flera, men det har inte intresserat oss att idka umgänge samtidigt som vi gör annat. Det märkliga är att vi aldrig känner någon dålig lukt, det finns ingen lukt alls. Förekomsten av vårt avfall lockar inga flugor eller andra insekter. Jag brukar ibland lägga in en slags ljung som luktar väldigt fint. Vi har böcker, tidningar och serietidningar liggande därinne, så vi kan underhålla oss. Dörren till dasset brukar stå öppen, och vi kan se ut över gräsmattan, över buskagen en bit bort, ana var en gångstig går förbi, men ingen kan se oss som sitter där. Slutligen kan vi se den glittrande sjön. Där är det skönt att vara! Dass ist wunderschön.

Anden i flaskan

I sagosamlingen tusen och en natt berättar kvinnan Scheherazade varje natt en spännande berättelse för perserkonungen, för att han ska låta henne leva och inte avrätta henne. Hon lyckades med det efter att ha hållit på i över tusen nätter. Hon har ett mycket kvinnligt namn som innehåller både she (åtminstone nästan) och her och kungen lyssnade noga på vad hon "zade". Anden i flaskan ingår bland berättelserna, men bilden visar en annan version.

Men var inte oroliga, efter att ha poserat för konstnären, så blir anden, som förresten heter Anders, utsläppt igen på en lugn och vacker sjö, och kan simma iväg lugnt bort mot andra sidan i sin vackra skrud, som består av bara andedräkten. I andanom ser jag hur han gör sitt rede där. Han är inte redlös, han är alltid redo. Där får han andrum. Hoppas han inte blir bortrövad. En sådan andhämtning måste han få slippa. Är det samma and som brukar kallas "den helige Anden?"

Livet som ett flipperspel

Ibland tycker jag att livet varit lite som ett flipperspel, man tror man har rak kurs mot sitt mål, men man träffas av slag från "flipprarna" och kastas hit och dit som metallkulan i spelet.

Jag var en normal, snäll och skötsam liten pojke, som hörde på i skolan och därför fick goda betyg. Avundsjuka kamrater, som kanske hade ett horn i sidan till min far, som var folkskollärare, ville hämnas på mig och kallade mig för "plugghäst". Några hotade mig med stryk för att jag skulle vara en sån plugghäst. Men jag behövde inte plugga så mycket hemma i de låga skolstadierna. Att jag skulle gå från folkskolan till realskolan var en självklarhet. Likaså att jag därefter skulle fortsätta på gymnasiet. Så långt hade ödet hållit sig rätt lugnt och inte ställt till något särskilt för mig. I realskolan var väl inte matte min starka sida, då var jag bättre som husse, eftersom jag hade en tigerrandig huskatt som jag älskade av hela mitt hjärta och som älskade mig tillbaka. Han följde mig till skolan, och fanns där för mig när jag slutade för dagen. Han vek inte från min sida om det gick att undvika. Denna kattkärlek präglade mig för resten av livet.

Jag valde latinlinjer på gymnasiet, och där trivdes jag och fick ett högt slutbetyg. Jag var alltså språkmänniska, men vad skulle jag få för yrke? Naturligtvis något språkligt. Översättare? Tolk? Lärare var naturligtvis ett säkert kort, men både far och styvmor var lärare, så lärarsnack var jag hjärtligt trött på. Nu fick jag höra att man kunde läsa ryska i lumpen om man kom in på militärens tolkskola. Toppen, det vore väl något för mig. Inträdeskraven överträffade jag med råge, så jag trodde faktiskt att jag skulle komma in. Men det gjorde jag konstigt nog inte. Då tog jag uppskov med militärtjänst ett år för att söka in igen. Jag fick ett vikariat på Risbrinkskolan i Linköping som språklärare. Det passade mig bra för tillfället. Men nästa ansökningstillfälle gav heller inte något resultat. Det var något märkligt med det. Jag fick förklaringen av en skolkamrat. De militära myndigheterna ville ha personer från reallinjen, som kunde teknik och som bättre passade för att avlyssna rysk radiotrafik. Det var skräp att man inte kunde upplysa om det direkt.

Ja, vad ska jag hitta på som yrke? Jag läste en bok om yrkesvägledning från pärm till pärm och strök yrke efter yrke. Läkaryrket blev ett av de yrken som var kvar. Men då hade jag ju gått fel linje. Det trodde jag åtminstone. Nu måste jag ju läsa in matematik, kemi, fysik och biologi för att ha kompetens i de rätta ämnena. En brutal knuff av ödet. Egentligen var jag smart, men det var jag än så länge inte medveten om. De höga betyg jag fått på latinlinjen, skulle jag inte ha uppnått på reallinjen, så att komma in på läkarlinjen var en självklarhet med tanke på mina poäng. Nåväl, jag får väl komplettera då, och det kunde jag göra i Stockholm eller Göteborg. I Stockholm hade jag släktingar, och där hade jag varit många gånger. Men varför lockade då Göteborg? Tjusningen med det okända? Ja, det fick bli Götet, det var mitt öde. Tre årskurser med fyra realämnen läste jag in på ett år och hade ändå tid för att lägga till praktisk filosofi. Det var "Högskoleiternas undervisningstjänst" som basade för utbildningen. Undervisningen skedde i en stor gammal villa vid Linnéplatsen, som inte finns kvar längre. Ja, Linnéplatsen finns förstås kvar. En mycket rolig lärare hade en värja i handen i stället för en pekpinne. Han behövde den inte för att få respekt, för det fick han ändå.

Dessförinnan måste jag göra min värnplikt, och det skedde på I4 i Linköping. Det var inte särskilt roligt, för några idioter till underbefäl behandlade oss duktiga studenter som idioter, och detta kräver en särskild berättelse, som inte får plats här.

Min läkarutbildning gick som den skulle, och på slutet var det en del praktik. Min träning i kirurgi fick bli i Sandviken, för jag tyckte det var kul att åka till en annan del av Sverige. Att bli kirurg fanns inte på min karta. Jag hade aldrig varit särskilt händig och inte jobbat med att snickra eller göra något avancerat med händerna. Jag var nöjd med att assistera min överläkare, men en dag säger den rackaren: "Nu kan du Leif, ta den här gallan, så assisterar jag dig." "Va, ska jag?" Javisst, så blev det. Det blev bra, och det var jättekul. Efter den galloperationen var det kirurgi som gällde. Naturligtvis allmänkirurgi, som jag nu tränat på. Jag tänkte mig att jobba på ett gemytligt ställe nära havet, t ex Varberg eller Västervik. Men ödet ville inte låta mig bestämma det. När jag gjorde min sluttentamen i kirurgi i Göteborg, så blev min kirurgprofessor, Yngve Edlund, mycket nöjd med mig. Han ville absolut att jag skulle komma till Göteborg och jobba på hans klinik. Ja, får man ett sådant erbjudande från en välrenommerad professor så är det inget man säger nej till. Ödet knuffade mig i ny riktning igen. Akta dig Göteborg, här kommer jag!

Så blev det dags att infinna sig på kirurgkliniken. Men professorn beklagade så mycket, det gick inte att bereda mig plats just då, men han hade pratat med chefen på thoraxkliniken om att jag kunde komma dit ett tag. Där var det jobbigt med långa operationer dagligen och de behövde alltid folk. Ok då ödet, jag får lyda dig igen.

Det var verkligen långa dagar och långa operationer på Thorax. Men slitet kompenserades av de trevliga människorna, som jag träffade. En del yngre läkare började jag spela ihop med, och snart hade vi ett jazzband med vilket vi spelade vid olika tillställningar på kliniken. Jag tyckte att alla överläkare var speciella, charmiga och roliga typer, och chefen, Nils Erik Bergh, spelade själv klarinett och ville att jag skulle spela duetter med honom och använda min flöjt. Jag fick använda kopiatorn till att kopiera de noter jag behövdes. En dag gick det inte att kopiera, för som apparaten tillkännagjorde på en display så var det "slut på toner".

Sedan ringde mig kirurgchefen på allmänkirurgen, glad i hågen och förväntansfull för att nu hade han ordnat plats för mig och vårt samarbete kunde börja. Men då sa jag nej tack, jag stannar där jag är.

Men bistrare tider kom och allt var inte så roligt längre. Men det gällde att bita ihop och kämpa på. Så skulle jag ju göra en medicinsk avhandling, och som vanligt så börjar man ju med något som chefen bestämmer. Men chefen var nyckfull, och jag tröttnade på honom som handledare. Jag sa upp honom i den egenskapen, och samarbetade i stället med en äldre kirurg, som jag hade förtroende för. Det var ingen annan före mig som hade gjort så. Hur kunde jag?

Men nu blev det en avhandling om ett ämne som jag själv hittade på. Det var om en speciell variant av asbest, som vi hade hittat själva bland våra patienter på kliniken.

Avhandlingen fick fint mottagande hos oss i Sverige, men internationellt blev det ännu intressantare. Det var väl andra ställe, som hade större besvär med asbest än vad vi hade. Jag blev bjuden till en yrkesmedicinsk kongress i USA, och chefen för kliniken där var också kontaktman för en asiatisk medicinsk organisation. Den sammanslutningen bjöd in mig till en turné i flera asiatiska länder. Jag skulle bekosta resan till något av dessa länder, och sedan skulle organisationen ta över allting och se till att jag åkte runt i Sovjet, Kina och flera länder för att föreläsa. Ja, det lät ju som en riktig saga. Men innan jag kom i väg till Kina, som var det första landet jag skulle till, så inträffade massakern på Himmelska Fridens Torg i Peking, som jag tidigare nämnt. Hela västvärlden protesterade. Då kunde jag ju inte åka. Vilket djävla öde! Helt ödesdigert.

Som kirurg på en universitetsklinik hade jag trots jättemycket kliniskt arbete också en skyldighet att forska och skriva artiklar. Allt detta arbete var oavlönat, men belöningen kom i form av möjligheter att resa runt i världen för att presentera mina artiklar som hade accepteras vid olika internationella kongresser. Det var mycket i USA, speciellt kul att komma till New Orleans flera gånger. Ofta var jag i New York. Några gånger i San Fransisco. Jag var i London, Paris, Nice, Berlin med flera kul ställen i Europa. Rio de Janeiro, Indien, Kairo, Alexandria och andra ställen i Egypten. Jag jobbade ett par månader i Dubai med att lära ut hjärtkirurgi till arabiska läkare. De var lite för duktiga så jag behövde bara gå omkring och uppmuntra dem. Det blev inte så mycket handfast jobb för mig. Jag åkte runt mycket och presenterade mina forskningsresultat. Det var en rolig effekt av mitt yrke, som jag inte ens hade tänkt på när jag valde det. Ödet hade äntligen vänt en vänligare sida till.

Men när det gällde mitt musicerande så var ödet där med sitt pekfinger igen. Mina föräldrar hade ett Malmsjöpiano, och jag tog pianolektioner. En lite kul grej minns jag. Jag spelade förstås lätta klassiker som alla pianoelever. En gång spelade jag igenom läxan och sedan drog jag igenom stycket en gång till, men då improviserade jag. Oj då, sa lärarinnan. Det där kan inte jag. Efter studenten åkte jag till Paris med en nyinköpt billig bil, en grön Opel record. På jazzklubben Club Saint Germain des Prés satte jag mig vid pianot i bandets paus och spelade ett par svängiga låtar och belönades med applåder. När jag flyttade till Göteborg för studier kunde jag inte ha något piano, så därför började jag studera klassisk flöjt och tog lektioner. Jag tänkte att en flöjt kunde jag nog använda även i ett inackorderingsrum. Men så fick jag höra studentorkestern Blåshjuden. Där ville jag vara med, men jag förstod att en flöjt inte skulle kunna göra sig gällande, så jag köpte en altsaxofon av min kompis Gunnar. Den behövde repareras, och jag fick den en torsdag. Följande lördag satt jag in i bandet med min nyreparerade lur. Jag blev inte utslängd. Som läkare blev jag många år senare med i jazzbandet Moving Big Band på tenorsax. Där smälte jag in bra. Men så råkade jag köpa en gammal trombon i en pantbank bara för skojs skull. När jag hade lärt mig lite grann så tog jag med den till bandet och visade. Det skulle jag kanske aldrig ha gjort. Det är svårare att få tag på tromboinister än saxofonister, så snart blev jag mer eller mindre tvingad att gå över till trombon i bandet. Några år senare blev jag inbjuden att prova att bli med i Frölunda Storband, Då gick jag dit med saxväskan i ena handen, och trombonfodralet i den andra. Förhoppningen var att få spela sax igen. Men där satt sex bra saxofonister i stället för fem, som det brukar vara, och i trombonsektionen var det brist som vanligt. Suck, jag ställde ifrån mig saxfodralet och tog fram min trombon. Där var jag sedan fast som trombonist. Men OK, det är något visst med en trombonist. Det kan ju aldrig bli trist! Så är det visst!

Den tunna blå linjen från det förflutna

En polisserie om poliser i Malmö heter den tunna blå linjen. En av huvudpersonerna lär känna en annan person genom att köra på hennes bil. Han vill göra rätt för sig, men den påkörda personen bagatelliserar det hela. Hon är leende och avspänd och förklarar att hennes gamla bil har så många bucklor ändå så det spelar ingen roll med en till.

"Vilken buckla gör du anspråk på?" frågar hon och skrattar.

Kan det här verkligen vara realistiskt? Folk i allmänhet är ju så måna om sina bilar, minsta repa är ett stort bekymmer. Skulle verkligen någon bilägare rycka på axlarna om någon körde på honom eller henne? Det är väl ingen som tror på något sådant.

Men det går plötsligt upp för mig att samma sak hände mig för många år sedan. Jag hade inte bott i Göteborg länge. Riktigt var det hände minns jag inte, men jag skulle parkera när jag blev distraherad av en brandbil, som kom med tjutande sirener. Jag försökte se om jag var i vägen på något sätt. Jag var just på väg att parkera, och min uppmärksamhet stördes. Jag kom för nära och skrapade en bil som redan stod intill den parkeringsplats som jag siktade in mig på. Usch, så förargligt. Det värsta var att det satt en person i bilen.

Jag gick skamset ut ur min bil och gick fram till den andra bilen och knackade lite på fönstret. Personen bakom ratten vevade ner rutan, men han gick inte ut. Han satt där till synes slö och likgiltig när jag urskuldade mig och ville göra rätt för mig. Jag ville ge honom mitt namn och bilnummer och jag var beredd att anmäla skadan till mitt försäkringsbolag. Den andre mannen bara viftade bort det, det spelar ingen roll, tyckte han, jag fixar det lätt själv.

"Men det kostar väl pengar, och det var ju mitt fel", sa jag. Nej han ville inte höra på det örat. Han sa att han själv hade en verkstad och att han lätt kunde fixa problemet på egen hand. Han gick inte ens ut ur bilen för att titta på skadan. Det verkade som om han bara ville att jag skulle gå därifrån snarast, så det gjorde jag. Naturligtvis var jag både förbryllad och lättad.

Denna konstiga episod fanns kvar i mina tankar ett bra tag. Jag berättade om det för några personer, och någon framkastade teorin om att bilen var stulen. Det var i så fall biltjuven, som satt i bilen. Han kanske väntade på en kompis, och han ville bara att jag skulle försvinna därifrån snarast möjligt. Det fanns nog inte på kartan att han skulle göra något åt bilen, den skulle kanske bara dumpas någonstans.

Ja, så kunde det ha varit. Det var en förklaring på den obekanta personens totala likgiltighet för bilen. Jag köpte teorin om att bilen var stulen, och det var ju tur i oturen för mig. Men nu vet jag inte längre vad jag ska tro.

Den blå näsan

Pinocchio var en trädocka föreställande en pojke, som till slut förvandlades till en riktig pojke efter ett ingripande av en snäll fé. Trädockan hade tillverkats av en hantverkare som innerligt önskade att hans dockskapelse vore en riktig pojke. Men den pojken hade en underlig egenskap: varje gång han ljög så växte hans näsa, så till slut var den jättelång.

Det var kanske Pinocchio, som min fru och jag hade i tankarna en gång när vi mest på skämt varnade vår riktige lille pojke Gabriel att han inte skulle ljuga, för det kunde vi avslöja eftersom hans näsa blev blå när han ljög. Det var förstås mest ett skämt, men snart märkte vi att vår son verkligen trodde på att hans näsa kunde bli blå av en lögn. Säger man inte "blåljuga" när någon ljuger riktigt ordentligt? Det är klart att alla barn ljuger lite grann när de vill försvara sig. När lille Gabriel sa att det inte var han som hade slagit sönder vasen, utan den hade ramlat alldeles av sig själv, och samtidigt höll handen för näsan så erkände han ju för oss att det han sa var lögn. Det roligast var en gång när han serverade en liten oskyldig barnlögn, och sedan lade till "...och jag har målat näsan". Stackars pojke som blev så lurad av sina föräldrar. Men det gick snart över.

Hans far fick sitt rättmätiga straff så småningom. Faderns näsa antog en blåaktig ton, särskilt när han badat i kallt vatten. Han blev rätt näsvis.

En spark i baken från staten

"Sjukvårdens hjältar" sliter hårt i pandemin. De går "på knäna" som det heter. Jag hoppas verkligen att de behandlas lite snällare jämfört med hur jag behandlades, som hårt arbetande underläkare för många år sedan. Underläkare betyder inte att jag gjorde några under, men det var nästan ett under att man stod ut med omständigheterna.

Jag var ung läkare med familj, och vi hade levt sparsamt nästan ett decennium på studielån och dragit på oss skulder. De var större är normalt eftersom vi måste låna mer för att vi hade två barn. Nu var jag med min underläkarlön plötsligt uppgraderad till högskattebetalare, men trots det fick jag inte tillgång till barntillsyn på lika villkor, som de andra utan fick betala högsta taxan. Vi bodde i en torftig landstingslägenhet, och hade en gammal sliten Volvo, som sett sina bästa dagar för länge sedan.

Jobbet på ett litet landsortslasarett långt från Göteborg var hårt, speciellt med hänsyn till jourerna. Man hade samjour, vilket betydde att jag hade ansvar både som medicinare och kirurg på samma gång. Vid niotiden på kvällen, när öppenvården hade stängt, fick jag det klientelet på halsen också, och dessutom riskerade jag att få rusa upp akut till förlossningen.

Det blev inte mycken vila en journatt, som följde på en hel arbetsdag, och som sedan följdes av ytterligare en hel arbetsdag. Det var en nästan otrolig arbetsinsats, men man var ung och kunde hämta sig från det om man hade bara en nattjour i veckan. Nu hände det att man kunde ha två sådana mardrömsjourer i en vecka eftersom det var läkarbrist, och det höll på att knäcka en. Som ersättning ville man helst ha kompensation i tid, så man kunde hämta sig. Men ibland gick inte det, återigen pga läkarbristen. Då utgick kompensationen i form av pengar. Det skulle ha blivit en rejäl slant, men nu slog den socialdemokratiska staten till och drog av runt 80 %

i marginalskatt. På det belopp som jag ändå fick ut, skulle jag dessutom betala 25 % i moms. Det kändes som att få en riktig spark i baken. Vilken arbetsinsats som låg bakom inkomsten betydde uppenbarligen ingenting alls. På den tiden uppfattade jag vårt socialdemokratiska styre som fientligt till hårt arbete. Om högre lön vore resultat av ren slump vore det helt rätt att beskatta den hårdare. Nu uppfattade jag marginalskatten som ett straff för gediget arbete, som syftade till att finansiera det strida regn av bidrag, som ständigt föll över sådana som inte gjorde något alls, eller mycket lite.

Ett helt år hade jag dessa arbetsförhållanden, men frånsett jourerna var arbetet intressant och utvecklande. Jag hoppas att sjukhuset hade lika stor nytta av mig som finansdepartementet hade, som jag visste uppskattade mig mycket, även om deras behandling av mig var Sträng.

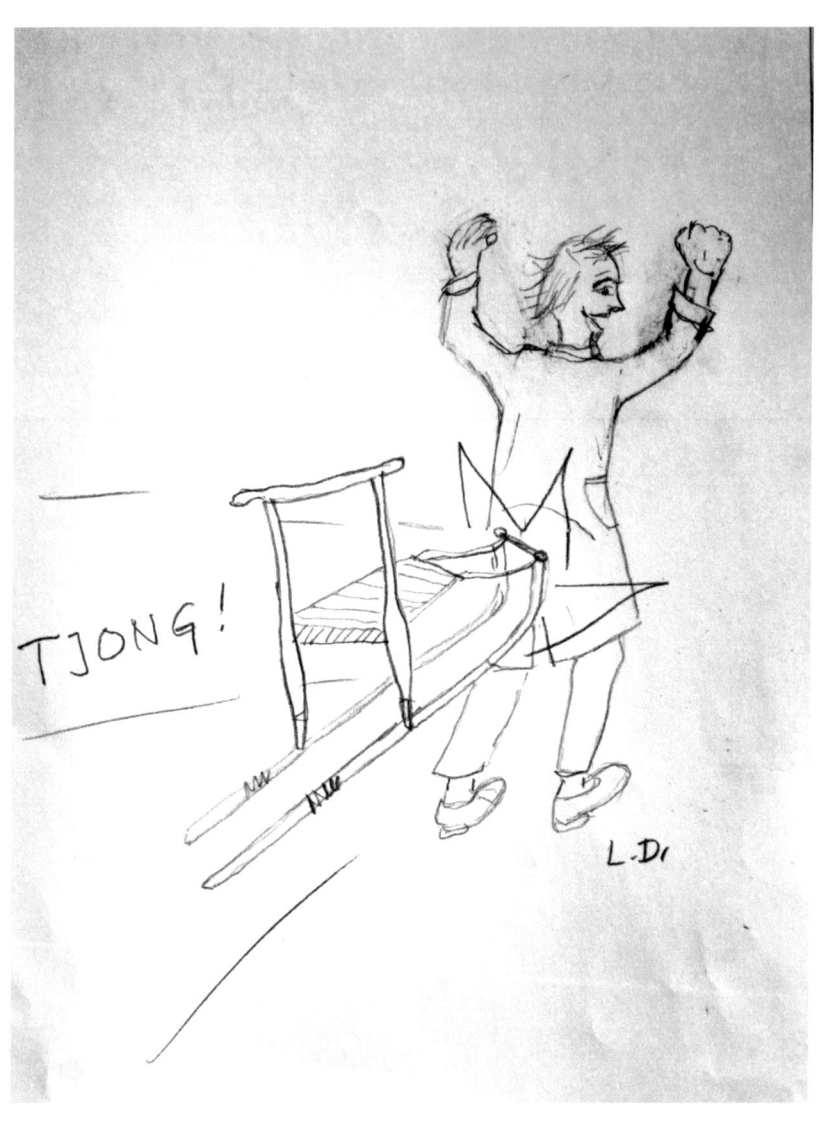

En riktig spark i baken serverad av staten.

126

Kvinnor i affärer

Om affärer för kvinnor, men ej kvinnoaffärer eller affärskvinnor.

Kvinnor verkar känna sig mycket hemmastadda i affärer, särskilt klädaffärer. Man ser på deras miner att det är allvar. Munnarna är hopsnörda, ögonen värderande. Det gäller naturligtvis att hitta de bästa plaggen till de lägsta priserna. Många gånger har jag dragit runt på NK före jul, håglös, uttråkad. Detsamma såg jag hos många oinspirerade män, som drog omkring för att hitta julklappar. Om man kan säga att de flesta männen önskade sig långt därifrån, så gällde detta inte kvinnorna. Nej, det var rätt kvinna på rätt plats. Deras beslutsamhet gick ej att ta fel på.

Att hitta rätt saker var naturligtvis viktigt, men det fick inte gå för fort heller. Shoppingens ädla konst måste ju få ta sin tid antingen det gällde dem med medelmåttlig inkomst, som måste få ut mesta möjliga av sina pengar, eller dem som var utrustade med kort av sina rika män, som gav dem obegränsade möjligheter. Dessa kvinnor var de som hade svart bälte i shopping. Självsäkerheten var större hos dem och paketen fler. De äkta männen inne på NK:s fållor var lätt igenkännbara. Det var i huvudsak de som var lite lätt kuvade, de som inte kunde vägra att följa med. Bara gifta kvinnor kan gå ut och handla utan att ta med sig plånboken. De tar med sig sin man i stället. De äkta män som går med och handlar har följande regler att hålla sig till.

1. Berömma hustrun när hon provar kläder. Smickra henne för hur snygg hon är i de nya plaggen.
2. Bära alla paket.
3. Betala för allting

127

Mannen tror att han är smakråd, men hans råd betyder egentligen platt intet. Han är bara ett bollplank för kvinnans idéer.

Hon skall välja mellan två plagg efter att redan ha förkastat 300 stycken. Mannen vill komma därifrån och önskar hett att hon äntligen bestämmer sig, och han satsar allt på att berömma det ena plagget och nedvärdera det andra, medan hustrun står där tveksam. Oftare än du tror slutar det med att hon köper det plagg som mannen talat emot. Det plagget kanske står aningen bättre mot kvinnans nya ögonskugga. Vem klär hon upp sig för egentligen? Det är för allmänheten, för andra kvinnor, för arbetskamrater, för presumptiva älskare. Inte för dig äkta man, dig har hon ju redan fångat. Du är blott en vandrande plånbok, och en bärare.

Mitt första blåsinstrument

Efter att ha tagit pianolektioner när jag gick i skolan, fick jag ägna mig åt andra instrument när jag flyttade hemifrån och från vårt Malmsjö-piano. Det blev i fortsättningen blåsinstrument.

Mitt första var den här orkestergitarren, en Höfner. Det var före elgitarrernas tid. Strängarna var långa, av metall och hårt spända för att höras ordentligt när man slog an ackord med ett plektrum. Med mina mjuka fingertoppar tryckte jag ned strängarna allt vad jag orkade, fast de skar in i huden.

Men nu hör jag redan invändningarna: det här är väl för 17 inget blåsinstrument?!

Men om ni hade sett hur mina fingrar såg ut efter ett tag skulle ni hålla med mig. Blåsor!!!

En "hissnande" upplevelse

Götaplatsen är göteborgarnas kulturella centrum med konserthus, konsthall, konstmuséum och teater. Bakom sig har dessa byggnader dessutom Artisten med utbildningar och föreställningar, samt det nu ännu mer imponerande universitetsbiblioteket. Götaplatsen pryds av den brutalt vackre och nytvättade Poseidon med en fisk i näven, omgiven av vattenstrålar, men misspryds något av den s.k. biltvätten mitt i gatan, ett konstverk där man tvingats sätta upp plexiglasskivor för att undvika olyckor. Konstmuseet är den mest imponerande byggnaden, som får en särskild elegans av den breda stentrappan som leder upp till den. Man kan stå där högst upp och kan då se längs med Avenyn ända tills gatan kröker sig. Man kan ändå ana "älva" långt borta. Stadsbiblioteket i nyrenoverad tappning bidrar också till områdets höga kulturella status.

Någon gång har konstmuseet missprytts av bokstäver alldeles under tak-kanten, bildande texten *Pizzeria*. Det är då någon konstnär som gjort sig lite märkvärdig och fått hålla på med sin barnsliga lek under förevändning att det skulle vara stor konst.

Jag har ofta tagit en tur genom museet och njutit av utställningar, permanenta som tillfälliga. Ibland har det varit en jazzkonsert, som jag velat lyssna till. I salen långt in där konserter har hållits, brukar olika tillfälliga utställningar hängas. Jag gick en gång in där för att njuta av konst av en konstnär som jag inte kände till. Ansvariga för utställningen hade satt upp en rad med skyltar som berättade fakta om konstnären och många av verken.

Jag läste skyltarna med stort intresse, men blev plötsligt stående där mitt på golvet, som fastfrusen, en känsla av undran och overklighet grep mig. Hur skulle jag tolka texten? Där stod om konstnärens skapelser "Att uppleva NN:s verk kan vara en rent hissnande upplevelse".

130

Jag tappade hakan. Ordet framför upplevelse var felstavat, här mitt i kulturens högborg! Ordet borde bara innehålla ett "s". Kunde det rent av vara avsiktligt? Tavlorna hängde i två plan, ville skyltförfattaren antyda att det är som att åka hiss från det ena till det andra? Var det en dumhet som skulle vara konstnärlig, något i stil med att falskskylta byggnaden som "Pizzeria"? En slags vits kanske?

Det var en ganska liten grupp människor i salen, som släntrade runt helt avslappnade. Ingen mer än jag stod framför den remarkabla skylten. Ingen pekade finger och grimaserade menande, ingen låg och rullade sig på golvet av skratt. Jag måste till slut acceptera tanken att den högkulturella person som gjort manuskriptet till skylten inte kunde stava rätt på svenska. Var det utställningens curator? Inte heller någon av dem som rent praktiskt hade tryckt ut och monterat texten kunde stava, men de hade förstås litat på curatorn.

Det fanns ingen personal i utställningslokalen. Jag hade tänkt påpeka felet, men inte förrän vid biljettluckan innanför entrén fann jag någon person att tala med. Jag ville tala om för biljettförsäljerskan vad jag tyckte om att självaste Konstmuseet med stort K visade felstavade skyltar. Hon borde vidarebefordra anmärkningen till en högre instans, som kunde göra något åt det.

Nu blev det full fart på henne. Hon kastade sig frenetiskt över sin dator och sökte på nätet efter felstavningar av ordet, som hon skrev in precis som det stod. Naturligtvis fann hon massor med felstavningar på nätet, folk skriver ju in vad de tror är rätt, och i många fall blir det direkt fel. Hon rätade på ryggen och hade fått ny styrka och självförtroende. Med stor emfas framhöll hon att stavningen var alldeles riktig, och att det tydligen var jag som fått det hela om bakfoten.

Jag skakade på huvudet och avlägsnade mig. OK, tänkte jag, de får väl behålla sin jäkla felstavade skylt då, eftersom det är på det viset att den här människan inte kan ta reson. Tyvärr tog jag inte kontakt med någon ansvarig högre upp i hierarkin, som jag nog borde ha gjort. Sedan dess har jag ofta undrat om hela utställningstiden gick utan att någon åtgärdade felet. Varje gång jag hädanefter i text ser ordet hisnande erinrar jag mig episoden och känner rysningar längs ryggraden. Det är nästan en hisnande känsla.

Men det är inte slut med "hissnande upplevelser". Även tidningen GP kan inte alltid stava rätt. De stavar fel i verkligt stor stil, dvs i rubriken med 15 mm höga bokstäver: **Vandring i Schweiz med hissnande vyer.** Det handlar om svindlande vyer på hög höjd, men äventyrarna har nog inte tagit hissen upp till topparna. (GP 27/3 2023).

GP använde igen uttrycket hissnande i ett kåseri i början av juni -24. Krönikören kunde sägas vara en hiss för en fågelunge som han lyft upp till sitt rede två gånger. Ordet hiss stod vid ett radslut, så den oavsiktliga vitsen blev ännu tydligare.

Höstdopp

Vi badade långt in i september. Maneterna kom tillbaka i havet, så vi började åka till sjöarna. Naturligtvis var det Sisjön som lockade oftast, men vi provade också andra: Oxsjön, usch, det var ingen bra botten. Härlanda tjärn, lite jobbigt att hitta dit. Samma sak med andra sidan av Sisjön. Stora Delsjön, mycket fint. Det var lustigt att se alla Kanadagäss som gick omkring helt ogenerade intill alla människor. Jag skrattade åt dem, och så kom jag att tänka på vad jag skulle svara om någon utlänning frågade mig: Do you know what those birds are called? Då kunde jag svara. Gäss sir! Om han frågade om de alltid brukade vara här, skulle jag ha svarat: At least they were here gässterday. Christina skrattade och berättade vitsarna för en annan badgäst. Han och jag hittade på namn åt gässen. Det var Gässper, Gässika och liknande.

Så åkte vi till Sisjön igen. Nu råkade jag hitta en stig diagonalt in i skogen och vi följde den, men tyvärr svängde den av åt fel håll. Då såg jag sjön en bra bit bort, men i en sväng såg det ut som om folk hade gått genom terrängen rakt ned mot sjön. Vi tog samma stig, men innan vi kom fram till sjön hamnade vi i en lerpöl och sjönk ned med fötterna djup ner i dyn och fastnade. Mina gamla glasögon for av mig och försvann. När jag hade lyckats dra upp fötterna och ta mig fram en bit, var båda sandalerna kvar djupt nere i leran. Jag grävde med händerna djupt ner i dyn, men lyckades bara få upp min ena sandal, och en sko var det ju inte mycket till glädje med. Christina fastnade också. Hennes skor blev kvar djupt ner i dyn, men hon lyckades gräva fram båda och t om en extra damsko, som någon annan förlorat på samma sätt. Denna extrasko råkade vara Christinas storlek, så hon tog med den hem.

Man kan tycka att det borde finnas en varningsskylt för denna förrädiska gyttjepöl. En dylik botten är inte kul att råka på, det är helt enkelt ….. botten!

Jag – en seriemördare

Visst, jag erkänner. Jag finner ett perverst nöje i att mörda serier. De roade mig som barn, men nu roar jag mig med att förinta dem. Det gäller Kalla Anka, 91:an, Gustaf (katten) Åsa-Nisse, Fantomen, Stålmannen m fl. Och vet ni, Stålmannen visade sig inte alls vara osårbar!

Stora parkeringsbluffen

Efter pandemin har jag återvänt till nya Hovås för att gå på gympa. Förr var det enkelt när Parkering Göteborg gällde överallt. Nu finner jag att man har att göra med tre parkeringsbolag, Europark, EasyPark och till min förskräckelse även Apcoa. Varför jag inte gillar att se det namnet återkommer jag till.

Man kan köra in på området framför ICA och de andra butikerna. Kommer man från ena hållet passerar man en skylt som säger P två timmar. Från ett annat håll så gäller P en timme. På en stolpe en bit från systembolaget står en skylt med texten P en timme, på ena sidan, och på den andra står P två timmar. Framför fiskaffären står en skylt med P två timmar, men på en annan skylt i närheten står det P en timme, och under den finns en tilläggsskylt med texten "gäller hela området". Frågan är vad som egentligen är "hela området". Varför är det sådant informationskaos?

Åker man in i P- huset finns det många platser med en skylt "kund P, här gäller ej tillstånd". Jaså, vad gäller egentligen?

Men åter till Apcoa, denna underliga korsning av djurarter.

När jag för några år sedan hade köpt min bil, en Volkswagen Polo, hände det att jag fick ett kravbrev från Svea Inkasso. De ville ha mig som kassako för sina orättfärdiga krav.

Det påstods nämligen att jag under två följande dagar hade stått parkerad i flera timmar på en adress i Stockholm, som jag inte alls kände igen. Det var lätt för mig att inse att påståendet var en bluff, för jag hade aldrig varit i Stockholm med den bilen. Om jag vill till Stockholm så tar jag tåget. Jag hade inte ens fått några räkningar direkt från Apcoa för parkering, utan det var storsläggan, inkasso, som jag skulle få känna av på direkten. Det kanske var en del av intrigen, inkasso tar ju en mycket längre tid på sig än ett direktkrav från ett P-bolag. Det är nog meningen att man inte genast ska kunna komma ihåg var man var ett givet datum.

Det fanns ett telefonnummer till inkassobolaget, så jag ringde dit och sa att jag fått inkassokrav på parkering i Stockholm, trots att jag aldrig varit där.

- Jaså, sa damen som svarade, får jag be om bilnumret.

Så fort hon fått mitt nummer sa hon: Ja, jag ser att ett misstag har skett, du behöver inte betala något.

I stället för att bli lättad och säga tack så hemskt mycket, så blev jag tvärarg. Det gick ju alldeles för lätt. Det tydde på att damen visste om att de skickade ut bluffakturor, så hon gav sig direkt.

- Jaså, gick det så lätt att se det, varför ser ni då inte efter ordentligt innan ni skickar era bluffkrav?

-Ja, hon kunde bara beklaga.

Ett par dagar senare, hade jag haft tid att fundera på saken, så jag skickade ett skarpt formulerat mail där jag krävde besked om hur detta misstag överhuvudtaget kunde ha inträffat. Indirekt antydde jag att det var medveten bluff för att lura till sig pengar.

Jag hade inte stort hopp om att få något svar, men det fick jag. Svaret var intetsägande:

”Vi kan bara bekräfta att du inte har någon skuld till oss”.

Det är en viss tröst att deras rykte försämras om sådant kommer fram, och jag berättar gärna om det för alla bekanta så fort parkeringsproblem kommer på tal.

Senare har jag hittat ytterligare en parkeringsbluff. För att hämta någon på stationen får man nu åka på krångliga vägar till stationens baksida. Där kan man stanna, och där såg jag en skylt som utlovade "P 10 minuter gratis". Det lät ju bra, jag skulle bara släppa ut mina gäster till tåget. Men det fanns kameror som registrerade min bil vid infarten och vid utfarten av området, så denna gratisparkering förvandlades till en avgift på 84 kronor. Återigen visade det sig att det var Apcoa som var i farten. Kamerorna registrerade tiden som man var inne i området och körde omkring, som om man varit parkerad hela tiden. Ett tag senare var det min fru som släppte av våra gäster på samma ställe, och då fick vi räkning på mer än hundra kronor för detta. Att köra på en väg räknas som parkering, hur kan detta vara tillåtet? Ja se Apcoa!

Hans Majestät, pianokungen

När jag först lärde känna min svärmor Siv var hon änka och bodde på övervåningen i ett fint vitt hus på Bondegatan 12 i Mjölby. Hon var synskadad pga ögonsjukdomen retinitis pigmentosa, som gradvis minskade hennes synfält. Nu hade hon ett slags "kikarseende", dvs det var bara den centrala delen av synfältet kvar. Hon hade ett optiskt hjälpmedel, en apparat som förstorade den del av synfältet som hon faktiskt kunde använda. Hon kunde t ex lägga tidningen på ett bord under en kamera och läsa på en skärm. Det var bara en tidsfråga tills hon skulle vara helt blind.

Svärmor var naturligtvis med i de synskadades riksförbund för att få hjälp att leva med sitt handikapp. I förbundets regi träffade hon andra personer på de möten som hon var med på. Hon träffade andra män eftersom hon var änka. En person, som hon var ihop med ett tag, hette Tage, vilket hon berättade om för oss. Det förhållandet tog slut, och sedan var det en blind pianist vid namn Hans Orgenius, som hon fastnade för. Det verkade ju intressant.

Vi bodde i Askim i Göteborg i vår första villa på Älvdansvägen, och det var där vi först fick träffa Hans. Han var en fyllig man, med kopparrig hud i ansiktet och förstås mörka glasögon. Vi satt till bords och åt middag och bekantade oss med varandra. Hans var mycket artig och trevlig. Han tittade rakt framför sig med sina oseende ögon, och han satt och nickade lite för sig själv, en sak som kallas för "blindism". Han var som sagt mycket trevlig, och vi fann honom inte så lite humoristisk. Han beskrev sig som jazzpianist, och det appellerade naturligtvis till mig, som var mycket jazzintresserad, speciellt som han verkade ha spelat med en stor del av den svenska jazzeliten på 50-talet.

Efter maten frågade vi om han ville spela lite för oss, vi hade ett fint piano av märket Steinway & Sons. Jag tog honom under armen för att lotsa honom till pianot. Det var välstämt och klingade bra. Han tog lite toner på prov innan han satte igång att spela på allvar. Vi hade stora förväntningar på hans talang, men vad vi fick höra överträffade de vildaste fantasierna. Det var nästan obeskrivligt! Det var inte bara en jättebra pianist, som satt i vårt vardagsrum, plötsligt tycktes tid och rum förändras. Vi var inte längre i Göteborg, vi var i USA och det vi tyckte oss höra var storheter som Fats Waller, Errol Garner och Earl Hines och andra legendariska jazzpianister, som jag hade hört på skiva. Det svängde så att vi inte kunde sitta stilla. Något ackompanjemang behövdes inte, Hans spelade så att han ersatte både bas och trummor. Det var "stride piano", med kraftiga bastoner och ackord i vänsterhanden, och otroligt svängigt melodispel i högerhanden. Vi kände att vi var på jazzklubb i New York och i New Orleans på samma gång. Dessutom var vi i sjunde himlen. Vi ville inte att det skulle ta slut, men Hans ville inte fresta vårt tålamod för länge. Han var virtuos, men en blygsam sådan. Nå, han och svärmor skulle stanna några dagar, så musiken var inte slut.

Hans och jag blev genast bästa vänner. Vi gick på promenader i omgivningen. Han höll mig under armen, och jag gick en liten aning före honom, så han märkte utan problem när det var dags att kliva upp eller ner på trottoarerna. Vi kunde gå långt, han var i fin form, och vi njöt av varandras sällskap. Med sin skarpa hörsel hörde han vad som hände i trafiken, jag behövde inte upplysa honom om något.

Vi fick fina musikframträdanden varje kväll, men till slut vågade jag ta fram egna instrument för att spela tillsammans med Hans. Jag spelade trombon i två storband, men kände mig inte trygg med att ta fram trombonen, som jag fortfarande hade en del problem med. Jag kände mig mer trygg med saxofon och flöjt, och det var med de instrumenten, som jag provade att spela ihop med honom. Själv var jag notbunden, till skillnad mot Hans som kunde allting utantill. Jag tog fram noter på jazz som jag gillade. Hans kunde givetvis kompa allting, det verkade som om alla melodier och alla ackordstrukturer satt permanent i hans minne. Om jag hade en jazzlåt på noter, kunde jag pröva att spela melodin på min flöjt, på min altsaxofon eller på min tenorsaxofon. Alla med lite kunskap om blåsinstrument vet att dessa tre instrument är stämda på olika sätt. Om jag spelar noterna med min flöjt blir det klingande resultatet en tonart, samma som på noterna, på altsaxofon blir tonarten ett och ett halvt tonsteg högre, men på tenorsaxofonen ett helt tonsteg lägre. Om jag provade en låt med alla tre instrumenten behövde Hans alltså ackompanjera i tre helt olika tonarter. Det lät som om han hade ett färdigt och redan komponerat ackompanjemang till en viss låt, som han utan märkbar ansträngning transponerade mellan tonarterna. Om jag bytte instrument och därmed tonart, lät det som om kompet blev exakt detsamma, bara med den skillnaden att han flyttade det till den tonart som var aktuell. Det var helt fenomenalt.

Han hade också absolut gehör, och det verkade helt osvikligt. Vad jag än spelade upp på piano för honom, så kunde han säga vilka toner jag använde. Jag kunde ta enstaka toner i vilket register som helst, eller de mest komplicerade ackord. Han räknade upp toner uppifrån och ned eller tvärtom, hur jag än ville ha det. Jag kunde ta andra toner, genom att gnida på ett glas eller blåsa i en flaska, och han kunde exakt lokalisera tonerna. Jag kollade vad han så genom att spela på pianot.

Han hjälpte mig också att ta ut tonerna på ett saxofonsolo, som gick i långsamt tempo så att jag hade en möjlighet att kunna spela det. Jag spelade några sekunder av solot, varpå jag lyfte pickupen från skivan, och Hans räknade upp alla toner han hört. Vi gjorde om proceduren så många gånger det behövdes för att få ut hela solot. Då hade jag hela solot uppskrivet i form av tonnamn, men ingen rytm. Genom att spela upp skivan fick jag rytmen klar för mig och kunde spela solot.

Längre fram blev det så att han stämde pianot åt mig, när han var på besök. Då behövde han aldrig använda någon stämgaffel, hans goda öron var tillräckliga för att åstadkomma perfekt stämning. Många år längre fram när han var död, fanns hans stämmarväska kvar och den tog jag hand om. Det fanns verktyg för att vrida om stämskruvarna, och allt annat nödvändigt, men någon stämgaffel fanns inte någonstans. En sådan hade han ju aldrig behövt.

Han hade ju sina fantastiska öron. Varför heter det förresten öron? Vore det inte mer logiskt att de skulle heta "höron?"

Hans Orgenius
78 varvsinspelningar
Orgenius med Sarah Vaughans pianist John
M a l a c i   P a r i s   1 9 5 3

Bilden visar en CD med överföringar av ljud från gamla 78-varvare. Omslagsbilden visar en ung Orgenius tillsammans med pianistkollegan John Malaci.

Svenska jazzmusiker slog igenom stort i Paris 1949 och vann tävlingen. Det var vid Paris International Festival of Jazz. En elit av svenska jazzmusiker deltog. Trumpet Gösta Turner, klarinett Putte Wickman, altsax Arne Domnérus, Carl Henrik Norin tenorsax, Reinhold Svensson piano, Simon Brehm bas och Sven Bollhem trummor. Sångerskan var förstås Alice Babs. Hans Orgenius var inte med i denna stjärnkonstellation, men han var med i entouraget. Han och Reinhold var gamla parhästar som spelade dubbelpiano i radions lunchmusik mm.

Vis parisfestivalen träffade Hans bl andra Charlie Parker som han fick prata personligt med.

Nästa bild visar några föremål som tillhört Hans Orgenius. Den vackra gamla klockan har suttit i hans hem, och den lilla trädockan ovanpå klockan ha varit Hans leksak. Den slitna gamla trenchcoaten gör att bilden illustrerar "rock around the clock".